龍に恋う 二
贄の乙女の幸福な身の上

道草家守

富士見L文庫

目次

序章　思案乙女と白昼夢

ゆるく、やわく。着物の上からそっと撫《な》でる。

体の底から、鮮烈にこみ上げてくる祈りのような感情に浸った。

この穢《けが》れ果てた身に、高望みなのだとしても。

「どうか――……」

＊

吹いた風は、じんわりと湿り気を含んでいた。

それでも、着物の袂《たもと》や裾《すそ》に風が入ると、肌に張り付くようだった熱が少し和らぐ。

ほおずきが唐草模様のように染め付けられた木綿の単衣《ひとえ》は布地も薄く、帯も薄手のため気分も軽い。

珠《たま》は、ほうと息を吐いて、顔にかかった髪を払った。まだ三つ編みを緩く編んでいるが、そろそろ髪を上げても良いかもしれない。

今は梅雨の明け切らぬ頃合いで、空にはどんよりとした灰色の雲が広がっている。だが、雨の気配の中にも、夏がすぐそこに来ていることがそこかしこに感じられた。

「珠ちゃん、書き上がったかい」

八百屋の女房、松《まつ》が声をかけてきて、珠ははっと我に返る。鮮やかな青の短冊と筆を握る手に思わず力を込めた。

珠が座る縁台には、同じように短冊に向き合う子供がいた。

飾り稲荷《いなり》の小さなほこらの傍らには、大きな笹竹《ささたけ》が枝を伸ばしており、風で葉がこすれる音がさらさらと響いている。七夕《しちせき》の祭りの準備だった。

ここは近くの商店街だ。珠は買い出しに来たのだが、途中で松に呼び止められた。そして、七夕の飾り付けの手伝いを願われたために、願い事を書くことになったのだ。

松は日に焼けた顔でひょいと覗《のぞ》いてきたが、珠の短冊がまっさらだと気づき苦笑する。

「そんなに難しく悩む必要はないんだよ。ほら、昔は手仕事の上達を願ったものだったけど、今じゃ他愛ない願い事を書くだけだ。お勤め先がつらかったり大変だったりしたら、改善するように、とかね」

「あの、そういったことはないので、大丈夫です。旦那《だんな》様も良くしてくださいますから」

珠がおずおずとだが、きっぱりと否定する。松は「そうかい？」と案じる目を向けていたが、幾分表情は柔らかい。

「銀古《ぎんこ》の旦那さんの所は、どうにもうさんくさいけれども、珠ちゃんはうまくやってんだねえ。もうそろそろ半年だっけ？」

「はい、長く勤めさせていただけています」

珠はほんの少し表情を緩ませて応じた。

人に非《あら》ざる者が見えることで、珠が前の勤め先を追い出されたのが、今年の厳冬の頃。だが、人だけでなく妖怪《ようかい》にも職業を斡旋《あっせん》する口入れ屋銀古に来たことで、今までになく落ち着いた生活を送れていた。

店主の銀市《ぎんいち》は珠の体質を理解した上で、店に置いて、見守ってくれる。

季節がまた、変わろうとしている。それが嬉《うれ》しいと思うようになった。

目を細めた松は、しみじみと語る。

「銀古があるあそこらへんは特に静かだろ？　妾宅《しょうたく》が集まってたもんで、昔は身なりの良《い》い旦那さん方を見かけたり、垢抜《あかぬ》けたお妾《めかけ》さんが買い物に来たりするのを見たもんさ。だからあんな所で口入れ屋が始まった時は、噂《うわさ》になったんだよ。店主は妙に若いし大きいし、どうして口入れ屋なんかやってるっていう色男だろ。軍人さんまで出入りしてるなんて話もあったたし。地域の行事になんてとうてい誘えたもんじゃなかったわ」

あけすけに語る松の言葉は、そのまま近所の人々の総意なのだろう。

近所の人々は、銀古の普通とは違う、人に非ざる者の気配を感じ取ってか、珠が勤め始めの頃は珠のことも遠巻きにしていた。だが、松の口ぶりも過去の話になっている。彼女の表情には忌避ではなく、親しみからくるおどけがあった。

「でも、どうやら銀古さんところは良い勤め先みたいだね。気味は悪いけど、こうして珠ちゃんをちゃんと面倒見てるものね。珠ちゃんがいなければわからなかったわあ」

目を細めて語られた珠は、じんわりと胸の奥がほどけていくような嬉しさを感じた。

珠が来て細々とながら交流するようになってから、銀古への……ひいては銀市への不信感はかなり和らいだらしい。

あの場所は、珠を穏やかに迎え入れてくれた。だから、銀古が前よりも忌避されなくなっているのが嬉しい。

「ところで、珠ちゃんは、盆の藪入《やぶい》りにはおうちに帰るのかい?」

藪入りとは、お盆の翌日にある奉公人達が休みに入る日のことだ。住み込みの場合、休日が曖昧《あいまい》になりがちだが、その日ばかりは大手を振って親元へ帰れる。

今までの珠の勤め先でも、奉公人は正月と盆の藪入りを待ち遠しくしていた。

しかし珠は困った気分で眉《まゆ》を下げる。返す言葉に迷っていると、松の表情が険しくなり始めてしまい、誤解される前に伝えた。

「ええと、そのう……私の故郷は遠いので、気軽には帰れないんです」

珠の故郷は帝都から鉄道を乗り継いだ後、さらに沢山歩かなければならない山深くだ。

だから、この言葉も嘘《うそ》ではなかった。

珠は、あの村から家出同然に出てきて以降、一度も帰ってはいない。村の住所を知らないのもあり、連絡も取れていなかった。だが、村で珠はすでにいらないものだったのだから、手紙を送ったところで迷惑なだけだろう。

珠は家族に対しての情が薄いと、思う。

しかし、家族や親には、育ててくれた恩を返すものという常識は知っている。淡泊な胸の内を松にそのまま話せば、気分を害してしまうかもしれない。だからうまく言葉を濁せる道筋を見つけてほっとした。

いっそ無垢《むく》とも表せる珠の表情に、松は言葉を呑《の》み込む。

人よりも少々小柄で、幼げに見えるにもかかわらず、大人びた面差しをする珠は、簡素な言葉の背景にある重みを感じさせた。

図らずも気圧《けお》されていた松だったが、すぐに笑みをこぼす。

「そ、そうかい。じゃあ藪入りにはいっぱい羽を伸ばすと良いよ」

「いえ？　週に一度は休ませていただいてますから、今まで通り店をお手伝いするつもりです」

「珠ちゃんは勤勉だねえ。きっと短冊を書いたら願い事も叶《かな》うってもんさ」

しみじみとする松に、目的を思い出した珠は困り果てた。

ずっと願われる側だった珠にとって、自分の願い事を考えるという行為は大変難しい。

だがしかし、短冊飾りの彩りに、と頼まれたのだからやり遂げたい。

眉を寄せて考え込んでいると、ひんやりとしたものを肩に感じた。

『あんまり悩まぬで良いのじゃぞ？』

そう語って珠の頬に触れるのは、童女の人形のような貴姫《きひめ》だ。ぬばたまの黒髪は片側だけ短く、牡丹《ぼたん》柄の色打ち掛けを羽織っている。

櫛《くし》の精である彼女の登場に、だが松は反応せず珠に対し朗らかに続けた。

「それを書き終わったら、七夕飾りも飾ってくれると嬉しいよ。子供達は、作るばかりだからねえ。とはいえ今日は大人しい方だけども」

「あ、はいわかりました」

珠は七夕飾りを作ってくれと言われず、ほんの少しほっとする。作り方を知らなかったからだ。

そして、松に見えないところで、改めて貴姫に視線を向ける。

貴姫のような人に非ざる者は、普通の人間には見えない。だから不審がられないよう、無視する形になり申し訳なかった。だが、いつものことである貴姫は気にしていない。

「どういうことを書けば良いと思いますか」

『深刻に考えずとも、元は手仕事の上達を願うものなのだと、八百屋の者も言うていたではないか。ならほれ、シャツを縫うてみたいと、書物とにらめっこしておっただろう。それがうまくできますように、などはどうだ』

貴姫に助言され、珠はほのかに顔を赤らめる。せっかくひな形を完成させたのだからと、銀市のシャツを仕立てたいと考えたが、踏ん切りがつかないでいたのだ。

取れた釦《ボタン》の縫い付けをする際に、密《ひそ》かに大きさを確かめて型紙を取ったり、縫い方を調べたりはしているのだが。

「やっぱり失敗をするかもしれないですし……素人《しろうと》の私が縫っても着られるものにはならないと思うのですが」

『したいと思うたのならすればよい。そなたを止めるものはもう何もないのじゃからな』

貴姫の達観したやわりとした面差しに、珠はふんわりと体が浮いて軽くなるような心地を覚える。

何をしても良い。何をしてもとがめられない。そう、よく言われるようになった。

だがまだ珠には、意味がよくわからず、立ち止まって途方に暮れてしまう。迷う珠を、銀市をはじめとした周囲の者達は急《せ》かさずに居てくれるが、もう少し彼らを煩わせないようにしたかった。

それでも、今書くだけならば悪くないかもしれない。

短冊に願いを筆でしたため満足した珠は、墨が乾くまでの間、七夕飾りを飾り付けようと周囲を見渡す。

子供達は近くの縁台に集まっていた。肩揚げのされた木綿の着物や浴衣に、下駄《げた》履《ば》きだったり裸足《はだし》だったりする子供達は誰かを囲い、歓声を上げている。

「すっごいな！」

「なんだそれ初めて見たっ」

「ふふ、で、あろ。もっと褒め称《たた》えても良いのだぞ？」

りんと、玲瓏《れいろう》に響くような声音だった。

きらきらと目を輝かせる子供達の中心にいるのは、少年だ。

珠は息を呑んで見入った。

どこまでも、白い。

着ているのは男物の白い衣と袴《はかま》で、でなければ少女だと見間違えただろう。切れ長の細い眼差《まなざ》しが印象的な雅《みやび》な面差しは儚《はかな》げに整い、けぶるようなまつげが影を落としている。肩口で丁寧に切りそろえられた髪、そしてはさみを扱う手に至るまですべてが白かった。

少年は握りばさみを操り、色紙から手妻のように様々な七夕飾りを生み出しているらしい。その芸術品のようなできばえに、子供達は見入っているのだ。

しかし、珠はかすかな違和を覚えた。少年の衣は見るからに上等な代物で、履いている足袋《たび》も雪駄《せった》も土に汚れた様子すらない。明らかに周囲から浮く少年に、子供達は全く警戒するそぶりも見せず、親しげに話しかけている。

「やっぱお前器用だなあ」

「ねえねえ今度これ！　おしえてっ作りたい！」

「ふふ、わしに教えを請うとは良い心がけだ」

周囲の子供と旧知のように振る舞う彼だが、珠はその少年を見た覚えがなかった。

だいたい、近所に住んでいる子供達はそれなりに顔見知りだ。なによりこれほど特徴的な少年がいれば、噂好きの店の人々がこぞって教えてくれるだろう。

銀古に新しく珠という若い従業員が来たことが、瞬く間に周囲へ広まったように。

肩口にいた貴姫も気づいたらしく、表情が険しくなる。

珠の視線の先で、ふ、と白の少年が顔を上げた。

目が合うと、切れ長の品のある眼差しが軽く驚いたように見開かれる。

けれどその白い姿は、すぐに子供達に群がられて見えなくなった。


ぽつ、と珠の手元に雫《しずく》が落ちてくる。

雲が分厚く暗くなっていた空から雨が降り始め、たちまち本降りになった。

飾り作りに夢中だった子供達も、我先にとそれぞれの家路につく。

珠は雨に弱い紙の飾りを回収し、近くにある八百屋の軒先に避難した。

松も店の奥から出てきて空を見上げる。

「この降り方ならちょっと待っていれば、ましになるんじゃないかな」

「では雨が止んだら、飾り付けします」

「飾るものを増やしてくれただけで充分さ。雨が止まなかったら傘を貸してやろうね」

「あ……」

珠が止める間もなく、松は奥へと引っ込んでいった。

ばたばたと、屋根から滴ってゆく水音の中で途方に暮れる。視線を落とした先にあるのは、自分の荷物である籐籠《とうかご》と、深い紅色の和傘だ。

松が声をかけてきた時には、隅に置かせてもらっていたため、珠が傘を持っていたと気づかなかったのだろう。

自分の傘があるのに借りるのは奇妙だが、松の厚意を無下にはしたくない。

「どうしましょうね」

珠がそっとつぶやくと、ふと冷気を感じる。

りん、と鈴の音がした。

傍らを見ると、あの白い少年がいた。濃密な水の気配が漂う中、姿が浮き上がって見えるほど現実味がない。彼の周りだけ、雨が遠のいている気すらする。

「やれやれ、降られてしまうとはな」

独りごちる声は少年のように澄み渡っていたが、どこか老成した響きを感じさせた。こうして間近で見れば珠にもよくわかる。人の姿をしていても、彼は人に非《あら》ざる者だ。鈴の音は、彼の足首にくくりつけられた、小さな鈴からだったようだ。

雨から逃げ遅れたのだろう、白い髪から雫が滴るほど濡《ぬ》れそぼってしまっている。水を吸った着物が、じっとりと肌に張り付いて重そうだった。

珠は降り始めてすぐ避難したため、髪が少し湿る程度で済んだ。

貴姫は姿を現さず沈黙している。彼女は悪意には敏感だ。危険と感じればすぐに珠を逃がそうとする。そのため貴姫が姿を見せるかは、珠が行動する一つの指標となっていた。

雨がざあざあと降り注ぐせいか、周囲の空気は冷え始めている。珠もまた湿り気を含んだ着物で肌が冷たくなるのを感じているから、少年はさらに寒いだろう。

珠は少し悩んだ末、袖《そで》から手ぬぐいを取り出しながら、彼に声をかけた。

「あの」

ぱっと少年がこちらを向く。はっとするほど美しく、現実味のなさがより一層際立って見えた。少し気圧《けお》されそうになりつつも、珠は藍染めの手ぬぐいを差し出す。

「もし、よろしければ、濡れた髪だけでも拭《ふ》かれますか」

少年は意外そうに珠と手ぬぐいを交互に見た。予想外の行動のようだったが、珠には彼の驚きの理由がわからない。

珠の困惑に対し、少年は真意の読めぬ曖昧《あいまい》な表情を浮かべる。

無知な幼子を窘《たしな》めるような、虚を衝《つ》かれたのを愉快に思うような、そんな反応だった。

「わしが何者か気づいておったろうに、自ら声をかけるとはのう」

「あの、その……でも。子供達を相手にしてくださいましたから」

それが安全な理由にはならないが、危害を加えられないのなら、極端に忌避する必要はない。珠にはむしろ、雨に濡れて困っている方が気になったのだ。

少年はさらにまじまじと珠を見る。熱心さにたじろぐと、手からするりと手ぬぐいがなくなった。

いつの間にか少年の手に藍の手ぬぐいが移っており、無造作に髪を拭《ぬぐ》っている。

「人と化生を同列に扱うとは、愉快な娘よのう。だがありがたく使おうな。毛皮が濡れてはかなわん」

「こちらの近くの方ではありませんよね。家が遠ければ、傘をお貸ししましょうか」

珠が傍らに携えていた赤い傘を持ち上げて見せると、少年は器用に眉《まゆ》を上げ切れ長の眼差しを糸のように細くする。

「んむ？　それはありがたいが、返しに来ぬかもしれぬぞ？」

少年の表情は、人が見れば意地が悪そうだと表するだろう。けれど、珠は気にすることなく続けた。

「たぶん、帰ってきたくなったら、自分で帰ると思いますから、大丈夫です」

珠が手を離すと、赤い傘はするりと柄を下にして直立する。いつの間にやら柄の部分は人間の一本足になっており、傘の部分に大きな目玉が一つ、きょろりと瞬《まばた》いた。

この唐傘お化けも銀古に居候している妖怪《ようかい》だった。出がけに銀市に連れてゆくよう言われたのだ。唐傘お化けは使われることを喜びとし、用が済めば帰ってくるため、よく銀古の客にも貸し出される妖《あやかし》である。梅雨の時季は出張が多く、生き生きとしていた。

珠は唐傘お化けに話しかける。

「私ではなく、この方の雨露をしのいで差し上げて欲しいのですが、良いでしょうか」

唐傘お化けはぱちりと大きく瞬きをすると、了承するように傘をゆったりと開閉する。

ほっとした珠が少年を見ると、彼は驚いたように目を丸くしていた。

「……気配が多く纏《まと》わりついておって、見落としたか」

「あの？」

早口でつぶやかれたそれをうまく聞き取れず戸惑う珠に、しかし少年はやんわりとした笑みを浮かべる。

「うむ、ではありがたく借りような」

少年は唐傘お化けを手に取る。そのためらいのなさは、やはり人に非ざる者に慣れた対応だった。

白い衣の少年は、傘に戻った唐傘お化けをぱっと広げる。傘の赤が鈍色《にびいろ》の空に映えた。

彼は軒先から一歩外に出るなり、くるりと珠を振り返った。

「この礼は必ずしよう。狐は恩は忘れぬ、でな」

ひらり、と手を振った少年が、傘の赤で隠れ――……


ぴちょん、と雫が落ちる音が耳に飛び込んできた。

我に返る珠の肩口から、にゅっと貴姫が顔を覗《のぞ》かせている。

『珠、ぼうっとしてどうしたのじゃ』

「え、あ……？」

瞬いた珠が立つのは、八百屋の軒先だ。未《いま》だにしとしとと雨が降っている。

だが、貴姫は先ほどまで顔を出していなかったはず。珠がとっさに周囲を見渡しても、あの少年の姿はない。

「あの、白い男の子がいませんでしたか」

『妖らしき男子か。なんとのう摑《つか》めぬ気配をしていたゆえに警戒しておったが、雨が降り出してからは姿を見ておらぬぞ。それにしても唐傘お化けがどこかに歩いていってしもうておる！ あやつ雨で浮かれるのはわかるが珠の送り迎えが先じゃろうに！』

ぷんすかと怒る貴姫は、珠の変化には全く気づいていないらしい。

「あの、実は彼に唐傘お化けさんをお貸ししたんです」

『なんといつの間に！』

目をまん丸にする貴姫に、どう説明しようかと途方に暮れる。

不思議な少年だった。けれど、妖怪に化かされた経験がないわけではないし、無事に帰ってこられたのだ。あまり気にしないことにした。

それよりも、と珠は空を見上げる。

雨は弱まってきており、あたりも明るくなってきたように感じる。

松の厚意を無下にせずに済みそうだが、この降りなら歩いているうちに止むかもしれない。貴姫の櫛《くし》だけは濡れないように、胸元に入れておけば良いだろう。

そう考えた珠が松に一声かけようとすると、水の匂いが濃くなった。

珠は無意識にその匂いを追って、振り返る。

雨音に紛れそうなささやかな下駄《げた》の音と共に、背の高い人影が墨色の傘をさしてゆっくりと歩いて来ていた。

水たまりができるほどぬかるんだ土道だったが、素足に引っかけた雨用の高下駄は不思議と泥跳ねをしていないように思える。涼しげな藍の縦縞《たてじま》をした単衣《ひとえ》をさらりと身に着け、博多織《はかたおり》の帯を締めているのが気軽だ。

もう、中にシャツを着てはおらず、傘を持つ左手の袖からは素肌が覗いていた。

整った面立ちは秀麗な中に男らしさを漂わせている。うなじでくくられた癖のある黒髪は、いつもより艶《つや》やかな気がした。

密《ひそ》かに息を呑《の》んだ珠は、驚きを込めて彼の名を呼んだ。

「銀市さん……？」

怜悧《れいり》さを帯びた眼差《まなざ》しが珠を見つけると、銀市の表情はゆるりと和らぎ、こちらに歩いてくる。珠は軒下から彼を迎えた。

「どうして、こちらに？」

「客が途絶えたから、散策がてら様子を見に来たんだ。もしや七夕の飾り作りに引き留められていたか？」

「その通りですが」

なぜわかったのだろう。珠が面食らうと、八百屋の奥から松が戻ってきた。

松は手に傘を持っていて、軒先にいる珠と銀市を見るなり、いそいそと歩いてくる。

「おやおや、銀古さんじゃないですか。顔を出してくださったんです？」

銀市の外見は二十代後半の、若いと表してもいい男だ。明らかに松より年下に見えるはずだが、彼女は言葉遣いが丁寧だ。店内にいるよりは和らいでいても、銀市のどこか超然とした雰囲気に気圧されているのだろう。

松の気後れが残る言葉を気にせず、銀市は傘を傾けて松を見る。

「その通りだ。少し気になったのでな。笹竹《ささたけ》に不足はなかっただろうか」

とたん松の表情が明るくなった。

「今までで一番立派な飾りになりますよう！　しかもきれいな色紙まで沢山！　うちの子ももちろん、子供が居る親御さん達は喜んでましたよ。飾り終えたら、見せようと思っていたんですけどねえ」

えっと珠は驚いて銀市を見上げた。そのようなことをいつの間にしていたのか。全く気づかなかった。珠が知らなかったと気づいたのだろう、松が進んで話してくれる。

「笹竹と色紙は銀古さんがくれたものなんだよ。びっくりしたけども、助かったもんさ」

「うちの従業員が世話になっているからな。今まで不義理を働いていたが、これからもよろしく頼む」

銀市の言葉に珠は、胸の奥に涼やかなものを注がれてゆく心地を覚えた。落ち着かないけれど、当たり前のように、銀古の一員として認めてくれる。そのことが嬉《うれ》しい。

ほんのりと顔が赤らみそうになるのを、うつむいて隠す。

珠のわずかな仕草には気づかなかったようで、松は朗らかに語った。

「もちろんですよ。うちの野菜もご贔屓《ひいき》にね。……おや、雨も上がったようだね」

松の語る通り、雨が上がっていた。雲の切れ間からほのかに差した日の光で、屋根から落ちる雨粒がきらきらと輝いている。

傘を閉じた銀市が珠に呼びかけた。

「では珠、帰るか」

「はい」

松に見送られて、珠と銀市は連れ立って八百屋を離れた。

珠は泥が跳ねないよう、褄《つま》を取り着物の裾《すそ》を持ち上げて、大きな背中を追いかける。

「どうやら唐傘は別の人間についていってしまったようだな。雨が上がって良かった」

「あ、はい。あの。実は聞いて欲しいことがあるのですが」

珠が語りかけると、銀市は当然のように速度を落として、意識を向けてくれる。

その横顔を見上げて、珠はふと気づく。

もしかしたら、願いなど、迷わなくても良かったのかもしれない。

これからも銀古と……銀市の役に立てたらいいと思う。それが珠の幸せだと知った。

なら、彼らのために働きたいと考えるのは、願いと呼べるのではないだろうか。

まだ自分で手いっぱいの珠には、おこがましいのかもしれないけれど。

珠はほんの少し軽い気分で、ぬかるんだ土道を慎重に歩いたのだった。

また、ぐんぐんと気温が上がってくる。

夏の足音はすぐそこまで迫っていた。

第一章　乙女と旧知と恩返し

風が湿り気を帯びたのを感じた珠《たま》は、はっと台所の勝手口から外を見る。

午前の空には灰色の雲が集まり始め、薄暗くなっていくところだった。じっとりとした湿度が増した気さえする。

これは、またアレが来る。予感した珠は、家鳴《やな》り達に後を頼み、板の間に上がる。

手に取るのは、このために修繕した虫取り網だった。

緊張を帯びながら、珠がそっと湯船がある方向の廊下を覗くと、居た。

わさり、わさりと全身に毛をたっぷりと蓄えた生き物が、廊下の暗がり……つまり風通しの悪いところから、のそのそと這《は》い出していた。

その姿は西洋の掃除用具であるモップに似ている。大きさは家鳴り二体か三体分くらいだろうか。それが珠が確認できる限り二体歩き回っている。つぶらな瞳《ひとみ》をしていたが、くしゃみをするように身を震わせたとたん、ぽふん、と胞子が舞うのに珠は背筋が震えた。

そう、あれは、梅雨に入ってから見かけるようになった妖怪だった。梅雨時季になると、日の当たらないじめっとした場所や水場に現れる。そして彼らが通った後には水染みができかびが生えてしまうのだ。

以前の勤め先では、水回りの掃除が足りないと怒られ悩まされた存在である。せっかくのおかずも腐らせるため、珠もこればかりは追い払わなければならない。

乾かしたお茶の出がらしや炭を置き、風通しを良くできれば自然と去って行ってくれる。だが、銀古《ぎんこ》に現れたものはかなり手強《てごわ》く、一度追い払ってもすぐに現れてしまうのだ。

そのため、ここ最近はなんとか外に逃がそうと苦心しているのだった。

なにより今は、かびを付けさせたくないものを取り扱っている。

この妖怪《ようかい》を相手にするには、一回り以上も小さい家鳴り達には荷が重い。

珠は一つ気合いを入れると、のびのびと動き回る毛玉達に向けてそろり、そろりと近づき始めた。足袋《たび》を履いた足で、板張りの床を擦るように歩く。

だが虫取り網を掲げたところで、ぱっと妖怪の顔が珠の方へ向いた。

瞬間、珠も網を振り下ろす。

一匹網の中に取り込めた。しかしもう一匹は素早い仕草で珠の脇をすり抜ける。

廊下を曲がっていった妖《あやかし》を、珠ははっとして追いかけた。

同じように廊下の角を曲がり、縁側の方へ向かうと、もう一匹が存外素早い動作で縁側に辿《たど》り着いていた。その先には、平ざるが日が当たるように置いてある。上に並べてあるのは、紫蘇《しそ》によって赤く色づいた梅だ。塩と紫蘇に漬けた後、仕上げの土用干しに出していた梅である。

まだ水分をしっかりと含んでいるため、腐りやすい。

あれは、銀市《ぎんいち》と共に枝をとり、塩に漬けて大事に作った梅干しなのだ。

その平ざるに、毛玉の妖が興味を持った。

「だ、だめですっ」

意味がないとわかりつつも、珠は声を張り上げて駆け寄るが、間に合わない。

しかし、妖の毛がざるに触れる前に、ひょいと持ち上げられる。

それは、すらりとした肢体に涼しげな水色の、ふわりと裾の広がるワンピースを纏《まと》った美女だった。

女性としては短く切りそろえられた髪が、耳のあたりで涼やかに揺れている。

つり目がちの眼差しで、つまらなそうに捕まえた妖怪を見やる姿にも、絵になる雰囲気があった。

「毛羽毛現《けうけげん》、これはあたしのもんだから触んないで。でなかったら引っ掻《か》いてやるわ」

剣呑《けんのん》に妖怪を脅しつけるのは瑠璃子《るりこ》だった。外回りの従業員である彼女は、気まぐれに現れては食事をしていく。今日は銀古が涼しいからと、午前中から滞在していたのだ。

「すみません、ありがとうございます」

珠が駆け寄ると、瑠璃子は己の手の中で震える妖怪を、庭の方へぽいっと放る。

妖怪は薄明かりの下に放たれると、風に吹かれたとたん溶けるように消えていった。

それだけで、じめりとした気配とかび臭さが薄れたような気がする。

毛羽毛現の消滅を見届けた瑠璃子は、憤然と鼻を鳴らした。

「まったく、毛羽毛現じゃなくてケサランパサランだったら良かったのに。そしたら白粉《おしろい》箱で飼ってやるわ」

「あれは毛羽毛現、というのですか？　それで、けさらんぱさらん、です？」

戸惑った珠が問いかけると、妖怪を握っていた手をぱんぱんと払った瑠璃子が応じた。

「毛羽毛現は見ての通りじめっとした所に現れる妖怪。追い出しとかないと、服までかびさせて行くからやっかいなのよね」

それは珠も知っていた。今まさに、外に出てもらおうと試行錯誤していたのだから。

「それでケサランパサランは、毛羽毛現と同じものって語られてる妖怪。家鳴りくらいの大きさをした、毛羽毛現と似た外見のやつなんだけど、持ち主に幸運をもたらしてくれるって言われてるのよ。白粉を食べて生きてるっぽいから、白粉箱の中で飼えるってわけ」

「はあ、あれ、ですが違う妖怪。なんですよね？」

「そういうことになっているわ。でも妖怪は人の噂《うわさ》だけでも簡単に変わるものだからね。似ても似つかない妖怪でも、同じものだって語られ続ければ同じになることもある。実際のところなんて本人に聞いてみたってわかんないわ」

瑠璃子の話がよくわからず、珠は首をかしげた。

違うものが、同じものとして扱われるとはどういう意味だろうか。

ただ、妖怪が変化することは珠も知っていた。以前、女学校で遭遇した妖怪百々目鬼《どどめき》は、育った権能で宿主の女を助けていたからだ。そういった話と同じだろうか。

思考を巡らせていた珠は、瑠璃子にずいと覗《のぞ》き込まれてのけぞる。

瑠璃色の目を眇《すが》めた瑠璃子は、剣呑さもあらわに語った。

「それで、あたくしが居るのになんで手伝ってもらおうとしなかったの」

「えっ、なぜ瑠璃子さんにお願いするのですか？」

理由が思い至らず戸惑った珠だったが、瑠璃子のまなじりがつり上がる。

この反応は良くないのだと悟り、何がいけなかったのかと考えようとした。

しかし、珠が通ってきた方から銀市が現れる。

「君が叫ぶ声が聞こえたのだが、大丈夫だったか」

「あっ……」

珠は銀市の手に使っていた虫取り網があり、もう片方の手には毛羽毛現を捕まえているのを見つけて青ざめる。放置した仕事を雇い主に見つかるのは、珠の基準では罰を与えられてもおかしくないほどの失態だ。

梅干しを優先したかったとはいえ、狼狽《うろた》えた珠は銀市に頭を下げる。

て声をかけた。
「珠が毛羽毛現を一人でなんとかしようとしてたのよ」
瑠璃子が低い声音で続けるのに、銀市は毛羽毛現を庭に放した後、頭を下げる珠に対し
「申し訳ありませんっ。その妖怪を捕まえようとしておりました」

「君のことだ。ほったらかしにしていたわけではないのだろう」

「それは、そうですが……」

答えた珠だったが、銀市に相談をせずに屋敷内の妖怪に手を出したと思い至りますます青ざめる。どのように謝罪しようかと、ぐるぐると思考が空回りをする。

しかし、銀市は落ち着いた声音で珠に言い聞かせた。

「悪意のない妖怪は屋敷に入り込みやすい。毛羽毛現のような自然現象に近いものは、そのまま入ってくるんだ。俺も生じたのに気づいていなかった。すまないな、ありがとう」

「い、いいえ……こちらこそ、お騒がせしました」

とがめられないとわかり、身をすくませていた珠は少しだけ体の力を抜く。

しかし、銀市の表情は困惑に彩られていた。

「ところで珠。虫取り網を用意していたのだから、毛羽毛現は前から居たのだろう？　声をかけてくれれば手伝えたのだが」

差し出された虫取り網を受け取った珠は、戸惑いに瞳を揺らした。瑠璃子の言葉同様、

なぜそのように言われるのか、わからなかったのだ。

ただ、これは先ほどの瑠璃子への返事にもなると、二人を見回して答えた。

「家事は女中である私の仕事です。銀市さんは口入れ屋の業務がございますのに、この程度でお声をかけて煩わせる必要はないと思いました」

特に室内にかびが生えやすいのは、日々の掃除が足りないと考える方が普通だ。珠だけで解決できるのであればそうすべき、というのが珠の考えだった。

「確かに内向きは君に任せているが……もう少しくらい、頼ってくれても良《い》いんだぞ」

銀市に思案顔で語られて珠は、とんでもないと表情を引き締めた。

「いいえ、今回はお手を煩わせてしまいましたが、次は対策を徹底して改善いたします」

珠にとっては仕事が完遂できない方が悪いことだ。銀市の役に立つためにも女中としての仕事ぐらい、自分だけでこなせるようになりたい。

役割を果たすのは当然なのだから。

しかし、銀市は困ったように眉尻《まゆじり》を下げた。

「君が勤勉な質《たち》であるのはわかっているのだが、甘えられないのも少し寂しいな」

「さびしい、のですか」

職務はきちんと果たすと主張をした珠だったが、銀市の残念そうな様子に不安になる。

珠の認識では「甘え」というのは悪いことだ。仕事を中途半端なまま他人《ひと》任《まか》せにするのは、とがめられるべきである。それを銀市に勧められる理由が腑《ふ》に落ちなかった。さらに、寂しいと表されるのはなんだか合わないように思えて、ますます困惑を深める。

銀市の要望を叶《かな》えはしたい。だが、甘えというのがよくわからない珠は、安請け合いもできないのだ。それこそ、望みを叶えられないのだから。

珠が虫取り網を抱えながら困り切っていると、銀市はさらに語りかけようとする。

が、その前に瑠璃子が大きくため息を吐いて主張した。

「ねえ、とりあえず毛羽毛現をどうにかすれば良いんでしょ。暇だしそれくらい働くわよ。あいつらがのさばると、あたくしも居心地が悪くなるし」

「そう、ですか？　ありがとうございます」

「汚れるのもやだし、野暮ったいけど前掛け貸して」

くるりとスカートを翻した瑠璃子に願われた珠は、頷《うなず》いて自分の部屋へ向かう。

ただ、二階への階段を上がろうとしたところで、店舗に気配を感じた。

店はすでに開いているが、まだ日が高い。この時分に訪ねてくる妖怪は少なかった。人であれば、相手に圧を感じさせてしまう銀市よりは、珠が出た方がよい。

そこまで考えた珠は、ひとまず確認しようと店舗と奥向きがつながる部分から覗いた。

だが、すぐ目を丸くする。

店舗の入り口で店内を見回していたのは少年だ。肩口で切りそろえた髪から、身に着けた小袖《こそで》と袴《はかま》まですべてが白い。

「相変わらず寂れてるのう。もうちいと、それらしくすればよかろうに」

どこか老成した声音でつぶやいた彼は、七夕飾りを手伝った際に、珠が手ぬぐいと傘を貸した少年だった。

あまりにも驚いて立ち尽くす珠に気づくと、彼は目を細めて笑う。

「やあ、娘ッ子。あのときぶりじゃな」

少年が動くたびに、りん、りん、と鈴の音が鳴る。

ひらひらと手まで振られた珠は、驚きから脱したものの、彼が銀古に現れた理由がわからず戸惑った。

その時、背後から声が響く。

「ずいぶん突然だな……灯佳《とうか》殿」

彼が近づいて来ていたと気づかなかった珠がびくりとして振り仰ぐと、珠の背後に立つ銀市が目顔で謝罪してくる。が、彼はすぐに正面へ視線を戻した。

珠はどっどっと激しく主張する心臓をなんとか宥《なだ》める。落ち着いてから見上げた銀市の顔に、苦々しさと諦《あきら》めがにじんでいるように感じられた。

銀市はとうか、と少年の名を呼んだ。つまり、銀市と少年は顔見知りということになる。

なにより銀市が敬称を付ける相手は初めてで、失礼とはわかっていても珠は驚きが顔に出てしまう。

銀市に呼びかけられた少年……灯佳は、にんまりと笑った。

「銀市よ、あんまりにもつれないものだから、遊びに来てやったぞ。ひとまず茶を所望しようか」

その表情は、真意が読めないながらも、心底楽しげなものだった。

灯佳は明らかに銀市と知り合い以上の気安げな様子だ。

彼が見た目通りの存在ではないのは自明だろう。どういう対応をすべきか、珠が迷いに迷ってもう一度銀市を見上げた時、奥から瑠璃子も現れる。

「ねぇどうした、の⁉」

しかし、瑠璃子は灯佳を認めたとたん、ぶわっと髪を逆立てて身構えた。

頭頂部から三毛の猫耳があらわになり、スカートからは二股に割けたしっぽが覗く。しっぽの先まで毛が膨らんでいるのは、珠でもわかる完全な警戒態勢である。

「この陰険狐っ！　王子《おうじ》から出てきて何してんのよ！」

瑠璃子の詰問に、だが灯佳はやんわりとした表情で応じた。

「おや瑠璃子、この程度で化けを解くなどまだまだだのう」

「うるっさい！　あんたなら銀市さんを頼らなくても解決できるでしょーが！」

「わしは銀市の友であり師であるのだ。遊びに来たって良かろう？」

そこで灯佳は、白い髪を揺らし小首をかしげて見せる。その弓なりに細められた眼差《まなざ》しは、笑みを含んでいても底冷えするような威圧が乗っていた。

「だが、そなたが暇つぶしに付き合ってくれるのであれば、やぶさかではないぞ？　わしは常に退屈しておるからの」

「っ！」

小柄な体から発される威圧に、気圧《けお》された瑠璃子は表情を強《こわ》ばらせて一歩後ずさる。いつも闊達《かったつ》で堂々としている瑠璃子が怯《ひる》む姿を、珠は初めて見た気がして息を呑《の》んだ。

張り詰めた空気に割り込んだのは銀市である。

「瑠璃子、珠から請け負った手伝いがあるだろう」

「あっ瑠璃子さん、前掛けは今持ってきますね」

「……っいらないわ！」

当初の目的を思い出した珠もそう続けるが、瑠璃子はふんっと灯佳から顔を背けると、素早く去って行った。

疾風のような身のこなしに、灯佳はくつくつと笑いをこぼす。

「まだまだ可愛いのう、あの子猫は」

「あまり若い者をからかうな。悪い癖だぞ。あなたの気に当てられれば、たいていの者は怯むのだから」

銀市が苦言を呈するが、灯佳は全く意に介さずけろっとしている。

「瑠璃子は怖がりながらも毎度毎度嚙《か》みついてくるから面白くてなぁ。許せ」

からからと笑う灯佳に対し、銀市は息を吐くと語った。

「今は一応営業中だ。店舗で良いか」

「おう構わん。ここの茶はたいそう評判だからな、飲んでみたいぞ」

灯佳の堂々とした言葉に、銀市はどこか諦めた雰囲気で、珠に茶を願った。

珠に否やは無いため、茶を淹《い》れて店舗まで運んでゆく。その最中で珠は屋敷内が普段よりも静かだと気づいた。客が来るたびに騒ぐ魍魎《もうりょう》も、様子を見に来る天井下《てんじょうさが》りも息を潜めている。変わらないのは、銀市の傍らに細い手を使って居座った陶火鉢《とうひばち》だけだ。

まるで皆、灯佳に遠慮しているような。

今までにないことに戸惑いながらも、珠は板の間に向き合う二人へ、茶と店舗に常備していた団扇《うちわ》を差し出す。

早速茶碗《ちゃわん》を手に取った灯佳はうまそうに飲み、茶請けの漬け物も楽しげにかじった。

「いやあ、この店でこういったもてなしをされるようになるとはなぁ。変わるものだな。悪くない茶を使っておる」

「恐れ入ります」

珠が会釈をすると、灯佳は上機嫌に目を細める。

くつろぐ灯佳に銀市が切り出した。

「……それよりも、だ。話を聞いてから、もしやとは考えていたが。雨の日に珠から唐傘を借りたのは、あなただったのだな」

「その通りだ。唐傘はきちんと帰り着いたかの？」

「あなたが珠と遭遇した翌日に。唐傘お化けはよくよく手入れされて機嫌が良かったぞ」

「うむ、わしは得た恩にはきちんと報いる狐なのだ」

銀市が和らいだ表情で語るのに、灯佳が満足げに応じた。

確かに灯佳に貸した翌日、自分の足で帰ってきた唐傘お化けは、傘の朱色も艶が良く終始ご機嫌だった。大事に扱われたのがよくわかる状態で、珠もほっとしたものだ。

そして銀市は、手振りで珠に座るように示すと、灯佳に語る。

「灯佳殿、改めてだが、この娘が新しく入れた従業員の珠だ。珠、このひとが以前言っていた、狐の知り合いである灯佳殿だ。神使《しんし》として、王子にある稲荷《いなり》で東国三十三国の狐をとりまとめられている。時々銀古の調査に協力してもらっているな。何度か狐がうちを訪ねてきただろう。それが灯佳殿の配下だ」

「はい、なるほど……」

珠が相づちを打つと、銀市は複雑そうながらも気恥ずかしげな色を浮かべた。

「そして、俺に術の手ほどきをしてくれた恩師でもある、か」

「わしから学んだものなぞ少なかろうに。友と語ってもいいのだぞ」

「名のある神に仕えるあなたを友と称するのはどうにもくすぐったいが、そう考えてもらえるのであれば光栄だ」

「神使なぞただの使いっ走りだと知っておるだろうに。とはいえ口では言いつつ、わしに垣根を持たぬそなたのことを気に入っておるぞ」

珠は、「王子」「神狐」という単語で、あの管狐《くだぎつね》のことを思い出す。

確か無害化した管狐が送られたのが王子の土地で、そこには狐の一族が住んでいると聞かされた。だが、神々に仕える者と語られた現実みのなさに珠は呆然《ぼうぜん》とする。

銀市は灯佳に対し、なんとも言えぬ表情になるだけだ。

「そもそもなぜそんなに若い身なりなんだ。前は少なくとも成人はしていただろうに」

「うん？　かわいいであろ？」

灯佳が不思議そうに語りつつ髪と頬を撫《な》でる仕草は、紅顔の美少年という形容詞がよく似合う。可愛いと表しても全くおかしくはなかった。

呆《あき》れる銀市の傍らで、珠が声には出さずとも密《ひそ》かに同意していると、灯佳と目が合う。その濡《ぬ》れたような黒々とした眼差しに吸い込まれそうで、珠は背筋がそわりとするような感覚に襲われた。灯佳は珠に対しかすかに目を細めるが、話を続ける。

「しかしまあ、宇迦之御魂大神《うかのみたまのおおかみ》は、狐使いが荒いゆえこき使われておる日々だ。こうして時々息抜きでもせんと、わしの毛並みもしおれてしまうわい」

「珠に声をかけたのは暇つぶしの一環か？」

「娘ッ子に遭遇したのは偶然だ。……それに、そなたも悪いのだぞ」

とたんに、灯佳は少々恨めしげに銀市を見る。眼差しがどこか意味深に艶《つや》めいて思えた珠は息を呑む。

「新しい従業員が入ったのは配下から聞いていた。わしも銀古の協力者であるから、いつ紹介してくれるかと楽しみにしておったのに、便りばかりで何もない。だからこうして散歩がてらやってきたというわけだ」

灯佳に恨めしげに見られた銀市は、決まり悪そうにする。

「こちらから出向くのが道理だと考えていた。が、案件にかまけて不義理を働いたのはすまない」

頭を下げる銀市に灯佳はあっさりと恨めしげな様相を霧散させ、からからと笑う。

「よいよい。今日はそれを責めに来たわけではないからな。娘ッ子に借りたものを返しに来たのだよ」

「私、ですか」

急に矛先がこちらに向かい珠が戸惑っているうちに、灯佳は懐から取り出したものを珠に滑らせる。

それは艶のある鬱金《うこん》色の風呂敷《ふろしき》包みで、どうすべきかと銀市を見る。頷《うなず》かれたので、慎重に手に取り開いた。

汚してしまうのも恐ろしい極上の手触りのそれに包まれていたのは、あの雨の日に珠が灯佳に貸した藍染めの手ぬぐいだった。手ぬぐいは何度も水を通してくたびれており、波のような曲線が連なるよろけ縞《じま》模様も薄れている。包んでいた鬱金色の風呂敷の方が、明らかに高価だった。

「とても丁寧に、ありがとうございます」

手の汗で包みに染みがついてしまわないだろうか。珠は一抹の不安を抱えながらも手ぬぐいを取り出すと、鬱金の布を畳んで灯佳に返した。

珠にとっては当然のことだったが、しかし灯佳の黒々とした瞳《ひとみ》が輝いた気がした。

「いらぬのか？　礼のつもりだったのだが」

「なにが、でしょうか」

灯佳がさすものがよくわからず、珠が小首をかしげると、彼はとても愉快そうにする。

途方に暮れるが、気づいたのは銀市だった。

「珠、灯佳殿はその包みも礼の品として持ってきたようだ」

「えっ」

びっくりして彼を見ると、灯佳は肯定するように頷いた。

「うむ、たいそう世話になったからのう。わしからの心ばかりの礼だ、受け取るが良い」

「いただけません！　手ぬぐいも返していただいた上に、こんな高価な品なんて……」

触った風呂敷は指になじむ絹の感触をしている。礼としては受け取りすぎだ。

「確かに少々上等すぎるな。君では受け取りづらいだろう」

「は、はい。あの。手ぬぐいを返していただいただけで充分ですので」

銀市の苦笑気味の言葉に珠は救いを得た気がして、思い切って鬱金の風呂敷を返す。

しかし灯佳は困り果てたように眉尻《まゆじり》を下げた。

「だがのう。狐は恩を返すものだ。あの雨でわしの毛並みが貧相にならなかったのは、この手ぬぐいのおかげだからのう。娘なれば絹の反物や簪《かんざし》の方が良かったか？」

「と、とんでもない、受け取れませんっ」

狼狽《うろた》えた珠が手を横に振ると、灯佳はますます眉尻を下げる。

「なにかしてやりたかったのだが。そうか……これは駄目か」

しおしおとうつむく灯佳は、外見だけとはいえ珠より年下の少年である。その彼が明らかに悲しげで落ち込んでいるのには、珠も罪悪感できりきり胸が痛くなってしまう。けれど、あまりにも重すぎる。困っていた灯佳の憂いを払えれば、それで充分だったのだ。物を貰《もら》うために申し出たわけではない。

「お気持ちだけで充分です、ので……」

肝を冷やした珠がなんとか言葉を重ねると、悄然《しょうぜん》としていた灯佳の瞳がきらりと光ったように思えた。珠が瞬く間にそれはなくなり、肩をすくめた灯佳が鬱金色の風呂敷を懐に入れていた。

「ならば仕方ない。無理強いするのも良くないことだ、諦《あきら》めよう。邪魔したの」

「ではお見送りをいたします！」

立ち上がる灯佳に対し、珠は罪悪感に襲われながらも同じように立ち上がる。

しかし、珠が見送りのために下駄《げた》を履いたところで、先に土間へ下りていた灯佳が、白い髪を揺らして振り返った。

「気持ち、つまり物でなければよいのか？」

「え、あの？」

困惑する珠を灯佳はぐっと覗《のぞ》き込む。

けぶるようなまつげまで真っ白なそのかんばせには、ほくろ一つなく、作り物めいて思える。息が触れそうな距離で覗き込まれた珠が、灯佳の黒い瞳から目を離せないでいると、瞳が細められた。

「わしは人の祈りと願いを受け、力を貸す者だ。そう神に定められた。ならば恩人のために、そなたの真の望みを叶《かな》えてやろうではないか」

「真の、望み、です？」

望みなど、珠には縁のないもののはず。困惑を深めると、にんまりと笑った灯佳の手には、いつの間にかたっぷりと墨を含んだ小筆があった。

「灯佳殿？　何をするつもりだ」

「安心せい、すぐ終わる」

異変に気づいた銀市が立ち上がるが、その前に灯佳の小筆は珠の額を滑った。

気温の高さのせいか、滑る筆を冷たく感じ、珠は目をつぶり身をすくめる。

暗い視界の中で少年らしく澄んでいるにもかかわらず、老成した声音が耳に響いた。

「東国三十三国に住まう狐の総領であり、宇迦之御魂大神の神使たる白狐《びゃっこ》、灯佳の名において、そなたを幼子として言祝《ことほ》ごう」

「なにを……!?」

焦りを帯びた銀市が手を伸ばすが遅かった。

珠がえっと瞼《まぶた》を上げると、心底楽しげな灯佳の黒い瞳と視線が絡む。

そして、彼の薄い唇が呪《しゅ》を紡ぐ。

「ゆえに、そなたの身は、子でなくてはならぬ」

珠の額がにわかに熱を持つ。次いで襲ってきた立ちくらみのような感覚に、珠はその場にくずおれた。

しかし違う、と途中で気づく。珠はちゃんと二本足で立っている。

目の前に居る灯佳を見上げているから、勘違いしたのだ。

腹の締め付けが緩くなったと思ったら、すとん、と帯が落ちた。さらにきちんと着付けていたはずの単衣《ひとえ》の裾《すそ》が、床にわだかまっている。

「え？」

珠がぽかんと出した声はいつもの声ではなく、まるで幼子のように甲高かった。

驚いて喉《のど》を押さえようとしても、自分の手が袖《そで》から出てこない。

もたもたとなぜか長くなっている袖をたぐり、手を見てみると、いつもの荒れた手ではなく、子供のように小さい。

珠は混乱するばかりではあったが、銀市には、珠の輪郭が溶けていくように幼子の姿に変わっていくのが見えていた。

ぐっと眉間《みけん》に皺《しわ》を寄せた銀市は、灯佳に険しい声を投げかけた。

「灯佳殿！　一体どういうつもりだ！」

「なに、その娘は色々足りないようだからな。一度戻ってやり直せば良いと思ったまで」

会心の笑みをこぼす灯佳は軽く土間を蹴《け》る。りんっ、と足首に付いた鈴が鳴り響く。

恐ろしく身軽な動作で店の入り口に下り立った灯佳は、心底楽しげに笑う。

「満たされれば自然と戻る。それまで満喫せい！」

ひょいと手を振った灯佳は、白い衣を翻す。

りん。

銀市が手を伸ばした頃にはもう遅く、その姿は霞《かすみ》のように消えていたのだった。

静寂が店舗内を支配する。珠は自分がどのようになっているかわからず、銀市に縋《すが》るような眼差《まなざ》しを向ける。

「あの、銀市さん……」

銀市は珠の方を向いたが、はっと目を見開くとすぐに視線を逸《そ》らす。銀市にしては珍しい反応に珠が面食らっているうちに、彼はどこか焦りを感じさせる歩調で土間を横切る。

店の戸を閉めると、奥に向けて声を張り上げた。

「瑠璃子！　灯佳殿は帰られた。すぐにこちらへ来てくれないか！」

『猫又、呼んでる』

『呼ばれたな』

『もう怖くない』

『一大事』

いつの間にか現れた魍魎《もうりょう》達が復唱すると、奥から乱雑な足音が響いてくる。

「別にあたくしは怖がってなんか……ってえっ⁉」

言い訳をしつつ姿を見せた瑠璃子は、板の間で立ち尽くす珠を見るなり目を丸くした。

「な、なにそのちっちゃい子供！　人間でしょ誰から引き取ったの銀市さん！」

引け腰で銀市に語る瑠璃子の反応に、珠はおずおずと呼びかける。

「あの、るりこさん」

うまく呂律《ろれつ》が回らないことに気づき、口を押さえた。その手が再び袖から出てこない。なんだか泣いてしまいそうな気持ちになりながら珠が見上げると、瑠璃子が何かに気づいたように恐る恐る近づいてくる。

銀市が未《いま》だ珠から視線を外しながらも、瑠璃子に願った。

「その子供は珠だ。すまないが、着付けを直してやってくれないか」

着付けと語られて、珠はようやく銀市がこちらを向かないのが衣服がはだけているからだと気づいた。慌てて胸元をかき合わせると、瑠璃子が呆然《ぼうぜん》と見下ろしてくる。

「っ！　珠なの⁉」

「はい、そう、なんです……」

珠が言い添えると、彼女の表情にいつもの親しみが籠《こ》もり、珠はかすかに安堵《あんど》する。

「なんでわかんなかったの……。っというかほぼ脱げてるじゃない、こっち向いてっ」

言いつつ瑠璃子はてきぱきと襦袢《じゅばん》を整えた後、長着をたくし上げ、腰紐《こしひも》の位置を調整してくれた。

帯は結べず、お端折《はしょ》りもだぶついていたが、なんとか見られる姿になる。

瑠璃子に礼を告げた珠は、ぐっと眉を寄せる彼女をおずおずと見上げた。

「わたしはいったい、どのようなすがたになっているのでしょう」

「あたくしには、あんたがちっちゃいがきんちょに見えるわ」

瑠璃子は複雑そうながらも率直に表した。だけでなく、頭上からいつもより恐る恐る下りてきた天井下りが、手鏡をかざしてくれる。

『みる？』

鏡に映っていたのは、不格好に着物を着た幼い少女の心細げな顔だった。

灯佳に書かれたはずの額の文字はなくなっている。遠い記憶にある幼い頃の自分の顔が、このような感じだった気がする。まだ、社に入る前の頃だ。

瞬《まばた》きをすると、鏡の少女も同じように瞬いた。つまり、これが今の珠なのだ。

理解を超えた状況に息を呑《の》んでいると、銀市が板の間に近づいてきて珠を覗き込んだ。

「子供の歳はよくわからんが七……いや五、六歳くらいだろうか。珠、俺達のことはわかるか。この銀古で従業員として勤めていることは？」

「え、あ、はい」

「記憶の退行はない。つまりは本当に体だけ縮ませたのだな。灯佳殿も恐ろしく器用なことをする」

銀市がぼそりとつぶやいた言葉で、珠は彼が確認したかったことを理解した。

安堵の息を吐いた銀市だが、それでも表情は優れない。

「やっぱりあの陰険狐のせいねっ。ほんとろくなことしない！」

「灯佳殿には真意を聞く前に逃げられてしまった」

「あの、だいじょうぶです。からだがちいさくなっただけみたいですし」

怒る瑠璃子を宥《なだ》めようと、珠も言い添えたが、かえって睨《にら》まれてしまう。

「体が小さくなっただけって珠！　あんたあの陰険狐におもちゃにされてんのよ。ここは怒るべきところよ！」

「え、あの、でも……」

珠が瑠璃子の剣幕に押されていると、店の戸が開かれた。

三人が一様に振り返ると、風呂敷《ふろしき》包みを携えた八百屋の松《まつ》がたじろぐ。

「い、いやね。玄関に行っても誰も出ないもんだから、こっちに回ってきたんだけども。お邪魔だったかい？」

「いや……」

銀市が言いよどんだ理由がわかった珠は動揺した。人が小さくなるだなんて、摩訶不思《まかふし》議《ぎ》なことだ。怪しまれて、また噂《うわさ》が立ったら銀古の迷惑になってしまう。

似たようなことを考えたのだろう、瑠璃子が珠を背に押し隠そうとするが、松が珠を見つけてしまう。

しかし、松は納得の色を浮かべたのだ。

「ああ、その子が預かった子だね？　珠ちゃんが藪入《やぶい》りにちゃんと里帰りできるようにって、長いお休み取らせてあげた中で災難だったねぇ」

「えっ」

珠が思わず声を上げて驚くと、松がこちらを向く。しかしその表情は旧知の人間に対するものではなく、見知らぬ子に対する優しさに感じられた。

怯《おび》えさせないようにだろうか、手を振るだけで話しかけてはこない。

少し思案していた銀市が、松に問いかけた。

「子供の話はどこで聞いたのだろうか？」

「うん？　どこってご近所からだよ。預かった遠縁の子と銀古で暮らすんだろ？　そうそう、子供一人面倒見るのは大変だろうから、うちの子のお下がりを持ってきたよ」

不思議そうな顔をしつつも、松は自身が持っていた大きな風呂敷包みを銀市に渡す。

「ああ、近所の人間はみんな知ってるから、安心しておくれ。じゃあお嬢ちゃん、しばらくよろしくね」

「あ、は、はいっ」

珠が返事をすると、松はからりと笑い去って行った。

珠は困惑気味に銀市と瑠璃子を見上げる。

「あの、ええと。どういうことでしょう」

「おそらく灯佳殿が根回しをしたんだろう。近所の人間は、今の君を俺の遠縁の子と認識している。君がいないことにも、つじつまを合わせたのだろうな。手の込んだことをする」

「そんなことができるものなんですか」

珠には理解ができない話に呆然とすると、瑠璃子が忌ま忌ましげに舌打ちをした。

「するのよ、あの狐なら。だって平安《へいあん》から生きてるって言われてる古狐なのよ。しかも人で遊ぶのが大好きっていうはた迷惑さ。神様に鈴を付けられなきゃ、街でも国でも滅ぼすくらいしかねない悪質な奴なの。あたくしもさんっざん迷惑を被ってきたのよ」

「以前、珠と会った時からこうすることを決めていたのだろうな。思いつきにしては用意周到すぎる」

銀市が少々苦いものをにじませながら推測を語ると、瑠璃子が憤然と腕を組んだ。

「ほんっとあの陰険狐はろくなことをしないわ！　珠にまで目を付けてっ。今回もただの嫌がらせに決まって……」

「いや」

銀市は顔は険しいながらも、強固に否定した。

「確かに灯佳殿は珠に呪《しゅ》をかけたが、『恩を返す』と称し『言祝《ことほ》ぎ』と語った。宇迦之御魂大神より『人のために在れ』と制約を受けている灯佳殿の言葉だ。裏はあるにせよ珠にとって幸いとなることを成したのだろう」

少し勢いを和らげた瑠璃子だったが、それでもふてくされた様子で言う。

「まあ、そう、なんだろうけど。あたしは嫌いよ。ぜーんぶけむに巻いて、のらりくらりと躱《かわ》して絶対本当のことは言わないんだもの。ほんと銀市さんなんであんな狐と付き合ってるのよ……」

「昔、色々世話になったんだ。悪い方ではない」

いつの間にか、屋敷にいる妖怪《ようかい》達も暗がりから窺《うかが》っていた。

思案する銀市がこちらを見下ろしてくるのに対し、珠はどきりとしてしまう。

珠が居るのは一段上がった板の間で、銀市が立つのは土間だ。にもかかわらず、普段より彼を大きく感じた。ぐっと首をのけぞらせるように見上げなくてはならず、圧を覚える。

後ずさって珠はしまったと思ったが、銀市は敏感に悟ると、しゃがみ込んでくれる。

「すまなかった。灯佳殿の性質は神に近いために、時々俺達には理解しがたい行動をする。そのために彼に会わせるのは時機を見ていたのだが、裏目に出たな。ひとまず一刻も早く灯佳殿を捕まえて、術を解かせるようにしよう」

「ごめいわくをおかけいたします」

騒ぎの元になってしまい、珠がしょんぼりと肩を落とすと、銀市は安心させるように表情を和らげた。

「迷惑をかけられたのは君の方だ。不安だろうがちょうど藪入りの時期だ、ゆっくりと過ごして欲しい」

珠はその言葉に戸惑った。だが、銀市は珠の戸惑いには気づかず瑠璃子を振り仰ぐ。

「瑠璃子、捜索に協力してくれるか」

「う……ま、まあ片手間、くらいなら、やってやらないことはないわ」

「助かる、とはいえ灯佳殿を追うとなると俺も片手間では難しいな。銀古を夏季休暇にしてもいいが、夏は妖怪共も問題が多いから長くは休めん。そもそも家の中だな」

「前は家事を家鳴りで回してたんでしょ。戻るまでと思えば良いんじゃない？」

「家の中はそれでいいんだが、その……三度の飯がな」

「……それはゆゆしき事態ね」

深刻な顔で悩む二人に困惑した珠は、おずおずと声を上げる。

「あの、りょうりは、いつもどおりしたくをしますが……？」

「珠、なに言ってるの!?」

瑠璃子に驚かれ、銀市にまでにわかに信じられないという顔をされて、珠は怯《ひる》んだ。

そんなに変なことを言っただろうか。不安に瞳《ひとみ》を揺らしていると、銀市が聞いてくる。

「君は今、体が小さくなるという大変な目に遭遇したんだ。慣れない体に、不都合もあるだろう。無理をせず休んでも構わない」

順序立てて説明してもらった珠は、ようやく銀市が何を懸念しているのか、わかったような気がしてほっとした。彼はあくまで珠を案じてくれているだけなのだ。心がほんのりと温かく嬉《うれ》しい気持ちになる。

だが珠にとってこの状況は、強いて不都合にならない。

どう、語れば良いか。しばし考えた末、珠は遠慮がちながらも銀市を見返した。

「あの、銀市さん。とうかさまはうそはつかれる方でしょうか」

「いいや、放った言葉に偽りはない。あえて言わないことはあるが」

銀市の答えに珠はほっとする。そうすればいつも通りの平静な気持ちが戻ってきた。

珠は、銀古と銀市の役に立ちたい。店の業務を滞らせたくないのだ。

「とうかさまは、みたされればしぜんにもどると言われていました。なら銀市さんがおみせをしめられてまで、わたしにじかんをさかれなくても、よいと、おもうのです。からだもちいさくなっただけみたいですし……」

「あんたねえ、それが大問題なのよ？　そんなちっちゃな体で家事なんて、ましてや料理なんてできるわけがないでしょ」

「ちいさくなりましたが、かじやりょうりとかんけいがございますか？」

瑠璃子に呆《あき》れた様子で語られるが、珠はきょとんとする。すると、瑠璃子はようやく合《が》点《てん》がいったように声を張り上げた。

「まさかあんた、いつも通り仕事する気だったの!?」

「あの、はい。先ほどはおもわぬじたいにどうようしましたが、ちいさいからだで家事をするのも、なれていますので……」

答えた珠だったが、言葉は尻《しり》すぼみになる。瑠璃子に異様なものを見た反応をされるのなら、きっとあまり一般的ではないのだろう。

不安のままうつむくと、少し体の感覚が違いふらつきかけた。よろけはしなかったが、視界に入る手はやはり小さい。そう、いつもの珠とは違うのだ。これでは、銀市達が不安に思うのも無理はない。ならば銀市の言う通り、迷惑にならないように大人しくしておくべきだろうか。

「もうしわけ、ありません。ごはんだんにはしたがいます」

いつもよりも目に見えて落ち込む珠に対し、瑠璃子は強く言いすぎたと後悔した顔で、銀市を見る。銀市も葛藤《かっとう》していたが、珠に訊《たず》ねた。

「君には、家事をしない方が不安か」

珠がはっと顔を上げると、銀市には表情だけで肯定とわかったらしい。苦笑になったものの、続けた。

「わかった。君が家事はできる、というのであれば尊重したい。だが、君の姿が変わって俺達も動揺しているんだ。だから大丈夫だと思えるよう、実際に働く姿を見せてもらっても良いだろうか」

その提案に、珠は視界が明るくなるような喜びを感じた。認めてくれた。銀市達に迷惑をかけないで済む。

「は、はいっもちろんです！　ありがとうございます！」

「いや、そこまで喜ばれる提案でもないと思うんだが……」

「そろそろおひるごはんですね、したくします！　銀市さん、その包みにこどもようのきものがはいっているか、たしかめてもよいでしょうかっ」

「……奥に行くか」

珠が申し出ると、銀市はなんとなく釈然としない様子でそう答えたのだった。


風呂敷包みの中から一番体に合う浴衣を身に着けた珠は、台所で昼食の仕度を終えた。

今日用意したのは、七夕でもらった五色のそうめんだ。白のほかに薄紅、黄、茶、緑に染められたそうめんを、箸《はし》で取りやすいよう一口分ずつ丸めて皿に盛る。そこに、卵を薄く焼いて細く切った錦糸《きんし》卵と、千切りにしたきゅうりと青じそ。ゆでたむきえびを飾った。

つゆは鰹《かつお》と昆布のほか、以前来た妖怪にもらった干し椎茸《しいたけ》を数個入れて取った出汁《だし》を使っている。

瓶長《かめおさ》の水は夏でも充分に冷たく、麺《めん》は冷えて涼しさを感じさせることだろう。

台所の作業台に向かっていた珠は、盛り付けた人数分の皿のできばえに満足する。

小さな手で菜箸を握っていたのはずいぶん昔だが、すぐに要領を思い出した。

それに、珠がこの年頃ではできなかった三つ編みも、今はきれいに編み込めた。体が小さい以外は問題ないようである。そのことに珠は安堵《あんど》した。

幼子になったことよりも、いつも通り動けない可能性の方が不安だったのだ。

「ではやなりさん、居間にはこんでいただけますか」

珠が声をかけると、家鳴り達はこぞって盆に皿を載せると運んでいく。

踏み台を使っていた珠は、素足でとんと飛び降りるように下りた。食料を置いておくための戸棚、蠅帳《はいちょう》から、朝に作り置いていたなすの煮浸しを取り出す。

そろそろ保存にも気をくばらねばならない。世間には氷箱という、氷を入れることで中を涼しく保てる家具もあるが、あれは裕福な家庭のものである。市井では涼しい場所に、蠅帳を置くなどの工夫で乗り切るものだった。今回のなすには生姜《しょうが》と梅肉を添えてある。

珠が皿を持って板の間に向かうと、入り口から銀市と瑠璃子が心配と驚きが入り交じった表情で覗《のぞ》いていた。

「おまたせしましたか？」

体感ではいつもより時間がかかっていたため、少々不安になった珠が見上げる。

銀市と瑠璃子は、なんとも言えない複雑な表情をしていた。感心しつつも、向けようとしていた感情の行き場がなくなってしまった、ような。

結局代表したように銀市が口を開く。

「いや……待ってはいない。大丈夫だ」

釈然としないものの、ちゃぶ台に並べた料理を前に、三人そろって手を合わせ、食べ始めた。しかし、瑠璃子がそうめんを啜《すす》る手つきはどこか神妙だ。

いつも彼女は上品ながら、機嫌良く箸を進めるため、珠はそろりと見上げる。

「るりこさん、おきにめしませんでしたでしょうか」

「いつも通りおいしいわよ。おいしいけど……どうしてその形《なり》でいつも通りおいしいのよ！」

珍しく言いよどみかけた瑠璃子だが、結局ちゃぶ台を揺らす勢いで身を乗り出した。

「え、ええと」

「そんなちっちゃな手と背丈よ!?　この家の台所で作業なんて無理じゃない！　あたくし、さすがに悪いから店屋物取らないかって言おうとしてたのに。銀市さんのお金で！」

「ちゃっかりしているが、俺もそれで良いと考えていたぞ。だが本当に君は、いつも通り危なげなく拵《こしら》えてしまったな」

銀市もまたうまそうにそうめんを啜りながらも語る。

だが瑠璃子はなんとも言えない表情でぶつぶつと言っていた。

「ほんと、どうしてできちゃうの……。小さな体じゃ作業台にも届かないだろうと思ったら、板の間にまな板と包丁を持ってくるし」

「こちらでは立ちしごとで楽をさせていただいてますが、ふつうのおうちでしたら、いたのまでしたくをするのもふつうですから」

「でも、あんたの手には大きい包丁をいつも通りに使ってたでしょ。きゅうりなんてこんな細いし、錦糸卵もそうめんに絡んで取りやすいし！　あたくしよりもずっと危なげなく使っていたじゃない！　しかも絶対助けが必要だろうと思ってたかまどもあっさりクリアしちゃうし！」

きゅうりと錦糸卵をつまんだ瑠璃子に声をかぶせられて、珠はびっくりする。

彼女に案じられていたのかというのが一つ。さらにそこまで驚かれることだったか、と首をかしげたい気持ちになったのだ。

「ええとでも、ここのかまどはきんだい的ですし、ヒザマさんが火のちょうせいをしてくださるので、ふみ台をつかってもあぶなくありません。それに、わたしはちいさなころからじぶんでりょうりをしていたので、くふうして台所をつかってなれてましたから」

「小さい頃から慣れてたってさすがに……」

瑠璃子はまだ釈然としない様子だったが、途中で思い至ったようで口をつぐんだ。

彼女も珠の来歴はおおざっぱに把握している。

銀市もまた理解したようだ。

「村にいた頃の話か。七つの頃から一人で生活をしていたと聞いたが」

「はい。このからだは、たぶんやしろにはいる前くらいのおおきさですね」

珠は七つで村の神に捧《ささ》げられる贄《にえ》の子に選ばれて以降、社の中で一人で暮らしていた。そこは生活に必要なものは一通りそろっていた。珠は、最低限のことを教えられた後は、捧《ささ》げられた素材を手順通りに煮炊きし、膳《ぜん》に並べて味わったのだ。

その一連の作業もまた贄の子のお勤めだった。一つでも間違えると、その食物を口にすることは許されない。忌み火で煮炊きしたもの以外を口にすれば、穢《けが》れを祓《はら》うために数日精進潔斎をしなければならなかった。食べるために必死に覚えた記憶がおぼろげにある。

「ただやしろにそろっていたどうぐは、ぜんぶおとな用に作られていたのです。だから大きなものをつかえるように、くふうしていました。このようなところでやくにたつとは、おもいませんでしたが」

珠は少々はにかみつつ、驚きを浮かべている銀市と瑠璃子に向けて続けた。

「今は、かめおささんのおかげでいどから水をくむひつようはないですし、やなりさんがきょうりょくしてくださいますから、むかしよりはずっと楽です」

「確かに認識は改めよう」

銀市が認めてくれたことに、珠は安堵と同時に嬉しさを覚えた。ほわりと胸が温かくなるような感覚に頬が緩む。いつもより感じたことがすぐに表情に出てしまう気がした。

だが以前、銀市は止めなくても良いと語ってくれたのだ。うまく表情を動かせないよりはずっと良いだろう。

「なので、なにかごようがございましたら、いつも通りおもうしつけください」

箸を置き、背筋を伸ばす珠の仕草は幼いものではあったが、言動は以前のままだ。

そうめんを食べ終えた後、思案していた銀市は珠に向き直って語った。

「君がその姿でも家事をこなせることは、理解できた。ならば、俺もなるべく普段通りに過ごそうと思う」

「ありがとうございます」

「ただ、君の気持ちは尊重してやりたいんだが、あまりにも小さくなってしまったから、一人にしておくのも不安があるんだ。それもわかってくれるか」

「はい。だっていまのわたしはこどもですもの。のうりょくをふあんに思うのはとうぜんです」

「少々違うのだが、おおむねその通りだと考えて構わない」

不思議に思って珠が見上げると、銀市は続けた。

「だから、できれば誰かと共にいてくれないか」

「だれかといっしょに？　ですか？　でも……」

そう言われても、ここの妖怪《ようかい》達はみな、それぞれの役割がある。

とっさに瑠璃子を見てみると、どこか勢いが欠けた様子で目を逸《そ》らす。

「……あたくしは、これから出勤よ。こっちには戻らないわ」

しかし見上げる珠に気づくと、顔をぎょっとさせる。深く息を吐くと、珠の頭をくしゃくしゃと撫《な》でた。

「ふぁ」

「そんな泣きそうな顔しないの。違うわよ、あんたが信用できないんじゃなくて、仕事が終わった後こっちに帰るより、向こうに帰った方が楽だから」

「そう、ですか。わかりました」

珠がほっとすると、瑠璃子は口をへの字にしながらふいと銀市を向いた。

「この子に誰かを付けるのは賛成だけど、妖怪共だけじゃ駄目よ。貴姫《きひめ》でも心配だわ。アイツらじゃ、人間の子供がどれだけ危ないかわかりっこないもの」

「でも、わたしなんかに、お手をわずらわせるのは……」

申し訳なく思った珠が悄然《しょうぜん》と口にすると、銀市は虚空に向けて声を投げかけた。

「珠の助けをしたい奴はいるか」

とたん、べろんと天井から下がってきたのは天井下りだ。さらに鴨居《かもい》の上には黒い卵のような家鳴りがずらりと並び、きしきしぱちぱちと盛大に音を鳴らしている。

廊下からごっと音がしたかと思うと、陶火鉢が細い手をひらひらとさせていた。

暗がりからも、屋敷に住まう人に非《あら》ざる者が窺《うかが》っていることはよくわかった。

「奴らは好きで君を手伝いたいと言っている。なら、断らないな？」

「ええと、でもあの」

確かに、他人の手を煩わせてしまうのは悪いと思っていたのだ。彼らが好きで手伝ってくれるのならば、良いということになる。

だが、そんな理屈を付けてまで、珠の意思を尊重してもらうのが、自分がわがままを言ってしまったようで、別の申し訳なさに襲われた。しかし、一番表情がわかりやすい天井下りを見ても、やる気に満ちあふれた楽しげな様子である。

珠がうまく理解ができず彼らを見渡し、答えを求めて銀市を見た。

銀市はさらに考える様子である。

「とはいえ、人ではないこいつらだけでも不安か……」

そのとき、縁側の庭の方向から濃い冷気を感じた。

居間に居た者がそろって見ると、井戸からすう、と浮き上がるように人影が現れた。

大きく鬢《びん》や髷《まげ》が張り出した日本髪に結い上げた女だ。女は背を向けていたが、珠は夜が現れたような心地を覚える。

理由は、纏《まと》った打ち掛けだ。

打ち掛けは藍色がかった黒地で、艶《つや》やかな夜のとばりを思い起こさせる。背には色合いの違う銀糸を使った繊細な刺繍《ししゅう》によって霞《かすみ》が表現され、霞に彩られるように金糸の月が覗いているのが、豪奢《ごうしゃ》でありながら雅《みやび》である。裾《すそ》から見える小袖《こそで》は深みのある深紅で、より一層艶《なま》めかしさを覚える。髱《たぼ》からほつれた後れ毛が、骨の首筋にかかっていた。

そう、彼女は骨なのだ。

女がゆっくりと振り返ると、その輪郭が溶け崩れ、しどけなく緋襦袢《ひじゅばん》を纏った婀娜《あだ》っぽい女、いつもの狂骨《きょうこつ》の姿になる。

狂骨を見るのは二日ぶりである。だが珠はいつもどおり、彼女に声をかけた。

「おかえりなさい、きょうこつさん」

狂骨が数日居なくなるのは、珠が来てからも何度かあった。

数時間から数日で帰ってくるし、銀市からも気にするな、と語られている。珠は狂骨が外出する場に遭遇した際は、見送りの言葉をかけることにしていた。

井戸の縁からふわりと下り立った狂骨は、居間にいる珠達に手を振ろうとしたが、小さくなった珠に目を丸くする。

『ただいま……って、ヌシ様、その小さい子は？』

「珠だ。灯佳殿に子供にされてしまってな」

『ああ、よくよく見てみれば珠ちゃんじゃないの！　ありゃあ……あのお狐様も訳わかんないことをするものねえ。ちいさい頃はこんなに可愛かったの』

戸惑う狂骨に対し銀市が簡単に説明すると、狂骨は縁側に近づいてくるなり、居間にいる珠を覗《のぞ》き込んでくる。

その眼差《まなざ》しに、常の狂骨とは違う色がある気がして珠は不思議に思う。

だがそれも、ひらめいた顔をした銀市が語るまでだった。

「そうだな、狂骨、珠の意識は十六の頃のままだが、小さくなってしまってなにかと不便だ。助けてやってくれないか」

「えっ」

『ヌシ様!?』

珠と狂骨の驚きの声が重なった。しかし瑠璃子も納得の色で頷《うなず》く。

「そうね、狂骨なら大丈夫でしょ。人間のこともわかるだろうし」

『えっちょっと瑠璃子まで、だけどね……』

狼狽《うろた》える狂骨に銀市は言葉を重ねた。

「灯佳殿を信じるなら、珠が元の姿に戻るには、幼子の姿で満たされなければならないらしい。なにも家に入れとは言わん。珠が健やかに暮らせるように見ていてくれないか」

頼まれた狂骨は濡《ぬ》れたような大きな瞳《ひとみ》を動揺に揺らした。

珠は、彼女にとって気が進まないことだとすぐに理解する。困らせないために、いつも通り過ごしてもらおうとしていたのに、これでは本末転倒だ。

狂骨を困らせてまで主張する気はない。

「あの、わたしはだい、じょうぶですから」

舌をもつれさせながらも言い添えると、はっと狂骨が珠を見る。その表情に含まれる複雑な色がなんなのか珠には推し量れなかった。だが、狂骨はすぐに親しみと温かさが籠もった笑みになる。

『珠ちゃんが遠慮しなくていいんだよぉ。体だけとはいえ、今の珠ちゃんは子供なんだから。甘えてくれればいいわ』

「あまえる、ですか……」

困惑する珠に対して、狂骨はただ温かな笑みをこぼしたのだった。

第二章　童心乙女の遊び方

灯佳《とうか》が来襲して数日になっても、珠《たま》は幼いままだった。

今日も珠は朝からいつも通り家事をこなしている。

銀市《ぎんいち》に心配そうな顔をされないように、より一層気持ちを込めて務めを果たそうと考えていた。

今日の珠は手鞠《てまり》模様の描かれた黄色の着物を着ていた。小さな体格に合わせて肩揚げと腰揚げがなされ、幼子でも着やすいように腰紐《こしひも》がすでに付けられている。

それに、煉瓦《れんが》色の兵児帯《へこおび》を結んでいた。

着物が貴重な中で、松《まつ》はよく貸してくれたものだ。丁寧に扱い、きれいなまま返せるようにしたい。

『かように小さい珠とまた過ごすことになるとはのう。して、今日は何をする？』

「おせんたくをしようと思います」

帯に挟んだ櫛《くし》からの貴姫《きひめ》の問いに珠は答えて、大きなたらいをよいしょと抱えた。

夏は特に汗をかくため、下着はもちろん、着物も木綿や麻など水通しができる着物は頻繁に洗う。今日は晴れているから、溜《た》まった洗濯物も乾かせるだろう。

じりじりと肌が焼ける暑い日差しで、湿っていた地面も乾き、庭の草木の緑もくっきりと際立っている。どこからか蟬の声も響く、すでに梅雨が明けた陽気だった。

珠は井戸の周りにたらいを持ってくると、袖《そで》にはたすき掛けをして、着物の裾が濡れないようにたくし上げて紐《ひも》で止めた。

素足をあらわにした珠は、釣瓶《つるべ》の桶《おけ》を井戸の底に落とし、水を汲《く》もうとする。

『あ、ちぃと待て』

貴姫が止める声が聞こえたが、その時には釣瓶についた紐を引っ張ろうと身を乗り出していた。

井戸の縁は今の珠には高く、桶の水の重みを引っ張りきれずにぐらりと体がかしぐ。珠はとっさに縁に摑《つか》まろうとしたが、摑みそこねて暗い井戸へと落ちかけた。

けれど、井戸の底へ吸い込まれる前に、珠の体は多くの細い手に摑まれる。

珠の足を押さえてくれたのは、黒い卵形の体に細い手足がついた家鳴《やな》り達だ。

さらに手に持った桶が女の美しい手に取られた。珠が顔を上げると、珠の代わりに桶を引き上げたのは、婀娜っぽい美女、狂骨《きょうこつ》である。

『はいはい、珠ちゃん無理はしないようにね』

「はい……すみません」

『すみません、じゃなくてありがとうって言って欲しいねえ』

「あ、ありがとうございます。やなりさんも」

珠が口にすると、家鳴りは黒々とした体を打ち合って明るい音を鳴らす。さらに彼らは縁側に積んでいた洗濯物を運んできており、たらいに入れて今か今かと待ち構えていた。

『ほれ、珠よ。家鳴り達に指示を出してやるがよい』

またただ。珠は胸に感じるそわそわに動揺したが、貴姫の言葉に慌てて言う。

「え、えっとおみずにせっけんをとかしたあと、足でふんで洗おうとおもってたんです。今のわたしだと、手では力がたりないので」

『なるほど、それで可愛い足を出してたんだね』

狂骨の指摘に珠は少し顔を赤らめながらも、家鳴り達が手伝ってくれるのであれば、と問いかけてみた。

「あの、きをつかわなくてもいい、したぎやゆかたをおまかせしていいですか？　わたしは銀市さんのおきものを洗うので」

家鳴りはお互いの体を打ち鳴らすなり、もう一つたらいを持ってくると、下着類を洗い始めた。

珠もまた、気を遣う必要がある着物を洗い始める。

井戸端の近くにある干し場で準備をしていた狂骨が声をかけてきた。

『珠ちゃーん。洗い終わったら持ってきな。あたしが干してやるからね』

「あ、すみ、ありがとうございますー！」

珠は反射的に謝ろうとしたが、なんとか直前で言い直した。

あっという間に洗濯が終わったため、掃除をしようとはたきとぞうきんを準備する。

室内は夏仕度を終えていて、ふすまは大部分を取り払っている。障子は風通しの良《い》い簾《すだれ》がはめこまれた夏障子に替わっていた。縁側には、天井から日差しを遮る簾が垂れ下がっており、風で涼しげに揺れている。

だからこそ塵埃《じんあい》も入り込み放題だ。

ここ最近の相棒となった踏み台を持ってきた珠は、はたきをかけようと見上げる。

しかし、ひどく天井が高く感じられた。当然だ。本来の珠も小柄な方だが、子供になったことでさらに家具も大きく部屋も広く思える。

やはりもう一個箱を持って来るべきかと考えていると、ぶらり、と珠の目の前に天井《てんじょう》下《さが》りが下りてくる。

『はたき、やっといた』

「えっあの、ありがとうございます」

珠が礼を言うと、天井下りは楽しげにけたけた笑う。

はたきを箒《ほうき》に持ち替えた珠は、呆然《ぼうぜん》とつぶやいた。

「そうなんですよね。ここはまえから、おそうじやせんたくは、ようかいさんたちでまかなおうと思えばまかなえるのでした」

そう、珠が来る前は、ここは妖怪《ようかい》達だけだったのだ。だとすれば、円滑に進められるのも当然である。

また、自分でうまく説明できないそわそわが、胸の中にわだかまっていく。

嫌なものではないが、途方に暮れてしまうのだ。

正体不明の感覚を持て余しながらも掃除を終えた珠は、台所の板の間で土用干しを済ませた梅干しを瓶に詰める作業を始めた。

すると気づいた家鳴り達がわらわらと集まってきた。

あ、と珠が思ったとたん、暗がりから魍魎《もうりょう》の声が響いてくる。

『仕事を手伝って欲しくないらしい』

『楽ができるならよいだろうに』

『なにもしないのが、こわいのかのう』

『ふしぎだのう』

まさに自分の心の声のようで、珠は思わず手を止める。

家鳴り達が作業を中断し、不安そうに珠を見上げてきた。そんな風に思わせるつもりもなかったので、珠はますます狼狽えた。

勝手口で腰掛けていた狂骨にも聞こえたのだろう。

『ん、手伝われるのが嫌だったかい？』

「ち、ちがうんです」

珠は、狂骨に誤解がないよう、自分でも形容しがたい気持ちを一生懸命説明する。

「あの、手伝っていただくのがいやではないいん、です。みなさんがこのんで手伝ってくださるのはわかりますから。おしごとをしたいわたしのわがままでさえぎるのは、よくないなと思います。でも、わたしがこんなに楽をしてもいいのかと思ってしまって……」

『仕事をしたいと考えるのがわがままなんて、やっぱり変わってるねえ』

「そう、でしょうか」

『でも、全部自分でやらなきゃ！　とは思わなくなったんだね。偉いよぉ』

狂骨にからかうように言われて、珠は顔を赤らめる。

が、指摘されて思い至った。ここに来て初めの頃は仕事がなく、何かをしなければ、銀《ぎん》古《こ》に置かせてもらえないと焦ったものだ。

しかし、今の珠が感じているのは焦りではなく、ただ彼らの厚意に対する困惑である。

なぜ焦らないのだろうと珠は首をかしげた。女中として気が緩んでいるのだろうか。

「わたしは、銀市さんとぎんこのおやくにたちたいと思っています。でもいまは、前よりもおしごとができていないのに、銀市さんもみなさんも、まったく気にされていないのが、すごくふしぎなんです」

珠が首をかしげると、狂骨はとても柔らかい眼差《まなざ》しをする。

『そりゃあ、ヌシ様も、あたし達も珠ちゃんがここに居るだけで嬉《うれ》しいもの。珠ちゃんに嬉しい、助かった。って感じてもらいたいのよ』

「うれしい、ですか？」

『そう、みんなしたくてやってんだから、素直にありがとうって言えば良いの。それでうまくできないと思ったら先に「お願いします」って言えば良いわ。珠ちゃんはきっと「甘え」と「甘える」をはき違えないだろうから』

「えっおなじものではないんですか」

怠け癖がついたら困る、と断ろうとしていた珠が面食らっていると、狂骨は驚いた。

『珠ちゃん、そこからなの！』

「そこから、とは……？」

おずおずと聞いてみると、納得したらしい狂骨がうんうんと頷《うなず》いている。

『珠ちゃんはもうちょっと誰かに何かをしてもらうことに慣れた方が良いね。よし決めた』

珠が戸惑っているうちに、勝手口の境から立ち上がった狂骨が言う。

『着物の寸法、まだ合ってないでしょ？　揚げをやり直したげるから、裁縫箱と着物をもっといで。あたしは食べ物の手伝いはできないけど、裁縫なら役に立つよ』

「えっ」

珠の驚きをどうとったのか、狂骨は日陰に立てかけてあった小松菜の葉を少しちぎる。するとみずみずしかった葉が狂骨の手に移ったとたん、精気がなくなりしおれていった。

初めて見る現象に、珠は目を丸くする。狂骨が苦笑しながら続けた。

『あたしはちょっと気を抜くとこうしてしおれさせちゃうからね。でも、全部ひとりでやるのは大変でしょう。あたしに甘えちゃいなさい』

そう、言われた珠は心の隅で断ろうと考えた。たしかに大変だが、自分でできることだ。けれど、狂骨の申し出に体の奥から押し上げられるような嬉しさを覚えたのだ。

「は、い……」

『うんよし、ほら家鳴りと一緒に梅干しをしまっちゃいなさい』

珠は、狂骨ににんまりと笑いかけられる。なんとか家鳴りと共に作業を再開したが、珠はいつもとは違う自分の行動に、混乱を抱えたのだった。

珠が銀市のために茶碗《ちゃわん》と水差しを持って店舗へ行くと、店に入ってくる者がいた。

僧形の小柄な人物が被《かぶ》っていた頭巾《ずきん》を脱ぐと、川獺《かわうそ》の顔があらわになる。

銀古の協力者である川獺の翁《おきな》だった。普段は、僧形で街を歩いて回るのを好んでいるらしい。川獺でも暑さは感じるのか、脱いだ頭巾で扇ぎつつ中に入ると、銀市の傍らにいる珠に目を留める。

「おおう、お嬢さんが子供になったと聞いたが、本当だったのかい」

「わたしが、わかるのですか」

今の珠は灯佳の呪《しゅ》によって、珠だとわかりにくくされているらしい。現に瑠璃子《るりこ》も狂骨も、銀市に教えられるまで気づかなかったのだ。

珠が目を丸くすると、板の間へ近づいてきた川獺は好々爺然《こうこうやぜん》とした顔で語った。

「なあに、わっしも少しばかり長生きしているのでね。小細工も得意になるのだよ」

「川獺、お前も耳ざといな……」

煙管《キセル》に火を付け直していた銀市が、呆《あき》れた声をこぼすのに川獺はほっほと笑う。

珠は盆に載せた茶碗がひとつきりなのを思い出し、盆を置くと小走りでもう一つ茶碗を持ってきて、茶を勧めた。

「おう今日は麦茶かい。ありがとねえ」

銀市の前の座布団に座った川獺は、水差しから注がれた褐色の麦茶をごくごくと飲んでいく。ふうと息を吐いた川獺は銀市に向かった。

「ヌシ様よ、さっきの続きだがのう、灯佳様のいたずらは愉快なものが多いからね。人間の凄惨な事件も悪くないが、妖《あやかし》もんの騒動が起きたのなら思う存分楽しまなければなぁ。

わっし以外にも来たんじゃないかい？」

「……お前が初めてではないとは言っておこう」

苦笑する銀市に対し、くつりくつりと笑った川獺は、提げていた風呂敷《ふろしき》包みから何かを取り出す。

「にしても間に合って良かったのぅ。ほれお嬢さん、手を出してくれないかな」

「こう、ですか？」

珠が両手を出すと、可愛らしい菊文様が織り込まれた布袋が落とされる。

戸惑って見上げると、川獺が獣の顔でにっこりと笑った。

「いつもよい子なお嬢さんにお土産だ。開けてみなさい」

言われるがままに、珠が紐《ひも》を解いて口を開くと、袋いっぱいに星屑《ほしくず》のような金平糖が詰まっていた。白のほかにも、桃色や黄色や緑色など色とりどりで、珠は思わず見入る。

だが川獺にもらういわれもないことに思い至り顔を上げると、先んじて言われた。

「今は子供なのだから、じじいの楽しみに受け取ってくれるとよいなあ。気に入ってくれたようで嬉しいぞ」

心中を見透かされてしまい、珠はかあと顔を赤らめた。

川獺はますます嬉しそうにする。

「ほっほ、幼くなってちょぃと素直になったかな。保存が利くものだからゆっくり楽しんでおくれ」

「あり、がとうございます……」

布袋の口をすぼめた珠は、大事に握る。こみ上げてくる気持ちはやはり少し妙だ。

珠の様子を柔らかな眼差しで見つめていた銀市は川獺に対して感心したように言った。

「お前は本当に子供が好きだなぁ」

「子供は愛《う》いものだろう？　わっしは子供が元気に育つのを見るのが一等好きさ。わっしらを語り次いでくれるかもしれんからの。のびのびとしてくれたら良い。あんまり好まれすぎると攫《さら》われてしまうがのう」

しみじみと語った川獺は、珠に対し相好を崩す。

「だからのう、お嬢さん。なんにも憂うことはない。健やかに過ごしなさい」

川獺が頭巾を被《かぶ》り日差しの強い中を歩いて行った後、銀市は苦笑する。

「まさか、本当に土産を持ってきただけとは。川獺の子供好きは筋金入りだなあ」

傍らにある団扇《うちわ》で扇ぎつつ、銀市が水差しから注ぎ直した麦茶をぐいと飲み干す。

そんな銀市をぼんやり見ながら、珠は神妙な顔でもらった錦の袋を握った。

「わたし、すごくなまけ者になってしまったみたいです……」

「急にどうした」

珠がしょんぼりとこぼすと、銀市は茶碗を置いて向き直った。

「君が怠け者になるとはとうてい思えんのだが、どうしてそんな風に考えた」

後ろめたいながらも、珠は訥々《とつとつ》と語った。

「わたしがこどもになった後、かわうそのおじいさまみたいに、お菓子だったり、遊び道具だったり、いろんな方がものをくださいます」

川獺の翁をはじめとして、現れた妖怪達は珠を見つけるなり、様々なものをくれたのだ。硝子《ガラス》のおはじきや、手鞠《てまり》、お手玉などの遊び道具や、甘い豆菓子やおこし、あられなどのおやつまで、こぞって渡してくる。中には人に非《あら》ざる者由来の物品が交ざっていたので、銀市が危ないものは選別した。それでも、居間の隅にはもらい物でいっぱいになった箱が置かれている。

「それに、やなりさんたちやてんじょうさがりさんにお手伝いしていただいてます。でも、なんででしょう……」

珠は布袋を握った手を、胸に当ててみる。胸が重くなるような申し訳なさは変わらない。その中には確かに——……

「なにかをしてもらうたびに、ここがあったかくなって。うれしいと感じているんです」

自分がするべきことにもかかわらず、家鳴りが進んで手伝ってくれることも。天井下りが珠のできない部分を補助してくれることも。

なにより、狂骨が珠の着物を縫い直してくれると語った時、とても嬉しかったのだ。

本来なら断るべきだったけれど、受け入れてしまった。

「そのせいでこの体でもできることを、やめてしまっています。だからなまけ者にならないように、きを引きしめなければとおもいました」

珠は決意したのだが、銀市を見て息を呑《の》む。

銀市は団扇を扇ぐ手を止めて、笑みをこぼしていた。複雑な心境だが、それを上回る喜びの表情だ。その温かな眼差しは、狂骨が珠の着物を縫い直すと語った時と似ている。

「……悔しいが、灯佳殿の強引な采配《さいはい》は、正しく贈り物だったんだな」

「?」

どういう意味だろうと珠が見返すと、銀市はそこには触れず続けた。

「君がその気持ちを怠けと捉《とら》えるなら、ぜひ怠けて欲しいものだ」

「えっでもそれは甘えでは……」

だから珠は頼ってはいけないと考えたのだ。周囲に迷惑をかけるのは悪いことだから。

珠が感じたことをそのまま口にするのも良くないと思うのだが、今はうまく隠せない。

悄然《しょうぜん》とする珠に、銀市が声をかけようとするが、視線が入り口へ向かった。

のれんをくぐって現れたのは、詰め襟の軍服を一分の隙もなく身に纏《まと》った背の高い男性だ。短く切られた髪に軍帽を被り、顔には眼鏡をかけている。

よく銀古に出入りをする、人間の軍人であり、銀市の友人である御堂《みどう》だ。

軍人らしく顔を厳《いか》めしく引き締めていた御堂だったが、店内に入ってきたとたん、いそいそと詰め襟の前を開け始めた。

「ひえ暑いっ。一気に気温が上がっちゃってもう大変だよ」

「夏着に変わってもきつくはあるだろうな」

「それだよ、銀市……ってえ⁉」

脱いだ詰め襟を肩にかけた御堂は、もはや恒例行事のように、銀市の傍らに居る珠を見るなり驚きをあらわにする。

「ど、どうして子供がここに……？　なんだか誰かに似ている気が、するんだけども……もしかしてもうあのことを知っているのかい？」

「なんの話だ。この子は体が子供になった珠だ。灯佳殿と少々あってな」

若干たじろいだ様子の御堂は、銀市の簡潔な説明に改めて珠をまじまじと見た。

背の高い御堂から見下ろされた珠は、威圧感を覚え反射的に硬直してしまう。

だが、御堂は珠の反応にすぐ気づき、しまったという顔でしゃがみ込んでくれた。

「ご、ごめんごめん。僕子供の相手は得意じゃなくてね……。ええとそもそも僕のことはわかるかい？」

目線が近づき緊張が和らいだ珠は、少し申し訳なく思いながらも頷いた。

「はい、だいじょうぶです、みどうさま。からだいがいはいつも通りですので。いま飲み物をおもちしますね。うちわもございますし、なつじたくもして革ざぶとんにしておりますので、少しは涼をとれると思います」

「それは嬉《うれ》しいな！　……そうだ今日はお菓子の若鮎《わかあゆ》を持ってきたんだ。もちろん珠嬢や妖怪《ようかい》達の分もあるから、出してくれるかい」

「かしこまりました。ありがとうございます」

珠が御堂から菓子の包まれた包み紙を受け取ると、彼は感嘆したように珠を見つめる。

「ほんとうだ……。いつもの珠嬢だ……これはすごく助かる巡り合わせかもしれない」

「どういうことだ、御堂」

銀市が訝《いぶか》しげな色を浮かべるのに、御堂はかなり困り果てた様子で語った。

「それがね、子供が知らぬ間に攫われる……神隠しが起きているらしいんだ」

＊

翌日、珠は銀市と共に外出をしていた。

今日の珠は緑と黄色の格子柄の着物で、狂骨が珠の体格に合わせて肩揚げと腰揚げをやり直してくれたものだ。それに橙色《だいだいいろ》の兵児帯《へこおび》を蝶結《ちょうむす》びにしている。

珠の隣を歩く銀市もまた、夏らしい鉄鼠色《てつねずいろ》の着物を纏い、織りの帯を締めている。麻の着物は袖口《そでぐち》が薄く透けていて、涼しげだ。さらにパナマ帽を被《かぶ》っており、地味ながらもきちんとした装いになっている。

珠が見上げていると視線に気づいた銀市が、こちらを向いた。

「君に頼るのは申し訳ないが、打ち合わせ通り頼む」

「はい、今のわたしだからこそできることですから、おきになさらず」

珠が薄い胸を張ると、銀市はほんのりと表情を和らげて、路地の一つに入った。

珠が住んでいる地区からはかなり離れていたが、両側に長屋が並んで日陰になっており、土道に撒《ま》かれた水によって冷やされた風が吹いてきている。

珠が見上げれば、二階にもうけられた物干し台で乾いた洗濯物を取り込む主婦がいる。路地の奥からは蟬《せみ》の鳴き声に紛れて、井戸端にいる女達の話し声が聞こえた。

昼を少し過ぎたのどかな時間が揺蕩《たゆた》う中、銀市は家の戸を叩《たた》く。中から赤子の泣き声が響いている。

出てきたのは、三十歳はいかない女だ。涼んでいる最中だったのだろう、白地に紺の朝顔が染め付けられた浴衣に、伊達《だて》締めだけをした無防備な姿だ。夏の暑い盛りに帯を結ばずに過ごすのは珍しいことではない。手には赤子を抱いており、まだぐずっていた。

役者のような美丈夫の銀市を前にぽかんとする女に、銀市は穏やかに話しかけた。

「ここが、大工の野口《のぐち》さんのお宅で間違いないだろうか」

「へっ!? へえそうですけど……」

赤子をあやしながら答える野口に、銀市は安堵《あんど》の表情で、傍らの珠の背に手を添えた。

「実は、うちの子がそちらの千代《ちよ》さんに迷子だった所を助けられたのです。千代さんから聞いた話を頼りにこちらに辿《たど》り着きまして、お礼をさせていただきたいと伺いました」

「あの、ありがとうございました。ちよさんはいますか」

もちろん、これは作り話だ。だが、せめて真摯《しんし》に見えるよう珠がぺこりと頭を下げる。

しかし、野口の顔が徐々に当惑に彩られる。

その表情は、同じ話を繰り返されたことがある雰囲気だ。

「あの……ね。最近よく言われるのだけど、うちに千代って女の子はいないんですよ。うーん神隠しに遭ったらしいんだけれど」

予想通りの答えに、珠と銀市はわずかに表情を引き締めたのだ。


ことの発端は、昨日持ち込まれた御堂の相談事だった。

御堂は、特定の地域で子供が行方不明になる事案が続発していると語った。

『人買いに攫われたり、そうじゃなくても犯罪に巻き込まれたりというのはままある。ただ特異なのが、居なくなった子供達が何日かすると帰ってくること。そして、居なくなっている間、周囲が子供の存在を忘れていることなんだ。だから僕達に回って来た』

御堂は、特異事案対策部隊という、人に非ざる者が関わるなど、人知を超えた事象による事件を調査、解決する部隊を率いている。だから今回のことも持ち込まれたのだと珠は思った。

『今まで、子供が帰ってくればみんな思い出すから大事になっていなかったんだけどね。三日前にもまた帰ってこない子供が確認された。尋常小学校までは「忘れる」影響が届かなかったらしくて、判明したんだ』

『珠を見たときに驚いたのは、その行方不明の子供と早合点《はやがてん》したからだな』

『個人的に写真を撮っている人なんて、よっぽど裕福じゃないと居ないからね。背格好の特徴しか知らなくて……。その子も髪の長い、可愛らしい子だったらしい。ああでも十歳くらいでもっと大きかったはずだ。うん、やっぱり早合点だ恥ずかしい』

銀市の問いに気まずそうにした御堂は、汗ばんだ首筋を拭《ぬぐ》いながら眉間《みけん》に皺《しわ》を寄せる。

『僕達も被害者や、その周辺に対して聞き込みはした。けど戻ってきた本人も、攫われていた時の記憶は残っていないようなんだ。なるべく早く原因を探り出したいんだが、行き詰まっていてね。恥を忍んで協力を仰ぎに来たというわけさ』

珠は御堂の表情や口ぶりから、ほかの懸念もあるような気がした。しかし狂骨に着物の寸法を確かめさせて欲しいと呼ばれたために、詳しい内容は聞かなかった。

戻ると話はすでに終わっていて、銀市は思案する顔で珠を見る。厳しさも険しさも薄いが、どう取り扱って良いか計りかねているような雰囲気だ。

珠は自分が原因で決断ができないのだと感じた。とはいえ小さくなったとしても、銀市と銀古に役立つのが珠の幸せである。

『なんでもおっしゃってください。できるかぎりごきたいにそえるようにします』

『まあ、危険はさほどなさそうではあるからな。刺激になって良いかもしれん』

銀市の独り言の意味はよくわからなかった。けれど、珠はそうして銀市と共に、神隠しの聞き込みに行くこととなったのだ。


野口の家を辞し長屋の集まる路地を出ると、銀市は珠に語ってくれた。

「攫《さら》われた子供の母親には、かすかだが呪《しゅ》の気配が纏わりついていたな。おそらく攫われた子に関わりが深い者の縁をたどったのだろう。人に非ざる者が関わっている」

「しゅ、というのは銀市さんのめにもみえるものなのですか？」

珠から見た千代の母親は、本当に見知らぬ子供が自分の子だと言われて困惑しているようにしか思えなかった。

しかし銀市は彼女を一目見たとたん、人に非ざる者の関わりを確信していたようだ。

「見えるというよりは、感覚でわかるといった感じだろうか。だが見えずとも確かにそこにある。たとえば君にかけられたものだ」

「わたし、ですか」

珠がきょとんとすると、銀市の視線は珠の額、灯佳に呪をかけられた部分を見ている。

「灯佳殿は、君に本来ならば幼子に施す長寿と健康の言祝《ことほ》ぎをした。そうすることで逆説的に君を『子供である』と定義したんだ。あの程度の手順で姿まで変えられるのは灯佳殿ならではだがな。見えず感じなくても、君は体が変わっているだろう？」

珠は自分の額を撫《な》でてみた。毎日鏡を見ているから、そこにはもう何もないと知っている。だが、影響が続いているのは珠が戻らないことからも明白だ。

「今から情報を集めるが、今回の神隠しは、原理を理解してかけた呪ではないだろうな」

「いとしなくとも、しゅになってしまうというのは、おそろしいものですね」

「ああ、恐ろしい。一見関係ない者同士が、ある共通点によって縁が結ばれ、互いに影響し合うこともある。見えず、感じないからこそ、本人が知らぬ間に呪をかけることもあり得るんだ。だから取り扱いには注意しなければならないのだよ。呪術《じゅじゅつ》の世界では、類似したものは互いに影響し合うという考えが根底にあって……――いや、すまない」

熱を込めて語っていた銀市だが、珠が理解が追いつかずぽかんと見上げているの気づくと、はたと言葉を止める。少々気まずそうながらも苦笑した。

「……君には縁のない話だ。わからずとも良いよ」

珠は頷《うなず》いた後、そっと足下《あしもと》を見た。珠の歩幅はより一層小さくなってしまったが、小走りにならなくて済むのは、銀市が何も言わず合わせてくれるからだ。

この人は珠を思いやってくれると知っている。銀市が言うのなら、珠は強いて呪について理解できなくて良いのだ。

けれど、ほんの少し距離が生まれた気がした。

なぜだろう？　と珠は首をひねるが、答えに辿り着く前に銀市に話を続けられた。

「まず俺はこの周辺の妖怪達に話を聞いてみる。事前の打ち合わせ通り頼めるか」

「はい。こどもたちにお話をきいてみます。こどものわたしにならけいかい心をやわらげてくれるかもしれませんよね」

珠が同行した理由は主にそれだった。

御堂達はもちろん、攫われた子供の友達からも話を聞こうとしたらしい。しかし、子供達には警戒されたり逃げ出されたりして、話すら聞けなかったという。軍人というのは近寄りがたく恐ろしいため、確かに迫れば逃げられるのかもしれないと珠は思ったものだ。

今回の珠の任務は、近所の子供達から話を聞くことである。

「貴姫はきちんと居るか」

『うむ、居るぞ！　巾着《きんちゃく》に入っておるから快適じゃ』

「はい、すみません」

銀市の言葉に、珠の頭の上に現れた貴姫が答えたが、彼は不思議そうにした。

「巾着？」

「あ、はい。きょうこつさんが帯にはさめないだろうからって、くしを入れるためのきんちゃくを作ってくれたんです。くびからさげられるからなくしづらいだろうって」

珠は首から斜めに下げた巾着を見せて語った。今は兵児帯を結んでおり、物をはさんでもすぐ落としてしまう。そこまで思い至っていなかった珠に、狂骨が気を利かせて作ってくれたのだ。櫛《くし》のほかにも、小物をしまっておけて助かっていた。狂骨の縫う速度は速くはないが、縫い目は確かで少し驚いたものだ。

銀市は意外そうな顔をしつつも、どこか安堵したような表情になった。

「そうか、狂骨がしてくれたか。良かったな」

「はい」

「なるべく近くにいるつもりだが、何かあれば俺を呼べ」

珠はその声に安堵以外も含まれている気がした。けれど、珠が意味を深く考える前に、銀市は長屋近くにあった小さな稲荷《いなり》の社に声をかけ始めた。

傍らで銀市が妖怪達に聴取をするのを聞いていたが、御堂から聞いていた以上のことはあまり聴けず芳しくないようだ。

『居なくなっても帰ってくるのなら、良いのではと思うんだがねえ』

「そういうわけにもいかないんだ。なにかないか」

『そこの子供、灯佳様の気配がするねえ。ちょっと前に遊びにきたからよく覚えているよ。あの方、稲荷社を転々と飛んで散歩なされるからねえ』

「灯佳殿がこちらに来たのか？　いや、聞きたいのは攫われた子供についてなのだが」

『ううん、ありゃあ子供も満足しているし、いいんじゃないかと思うんだなぁ。ああでもどうやら出歩いているようだし、良くない変わり方かもしれんしな……それよりも外の面白い話はないかね』

社を守護しているらしい小さな狐の精は、銀市に要領を得ない返答をしていた。

妖怪《ようかい》は総じて、見て、話せる人間に対して強い興味を持つため、話が長くなりがちだ。確かにこれでは御堂の事情聴取も遅々として進まないだろう。

珠はそんな銀市を横目で見つつ、日差しを遮る木陰から往来を眺めて話が聞けそうな子供を探す。

今日は休日だ。昼食を終えたらしい子供の姿がちらほらと見られた。はしゃぎながら走って行く彼らに、そわそわと落ち着かない気持ちを感じて、珠は小首をかしげた。

だが、自らを省みてはっとする。今の珠より、彼らの方が幾分か大きい。

今回居なくなった千代は十歳だと言っていた。ほんの五歳程度大したことがないと考えていたが、実はその違いはとても大きいのではないだろうか。

「わたし、そもそも、七つからおなじとしのひとと過ごしたことがありません……？」

子供達は道ばたに集まり、遊び始めているが、珠は途方に暮れる。

かすかに、胸の奥が疼《うず》く。しかし珠はその感情をなかったことにした。

人が一人行方不明になっているのだ、事件の解決が先である。

ともかく、話しかけないことにはなにも始まらないと、珠は自分を奮い立たせる。

『遊びたいの？』

子供の声がした。顔を上げる前に、珠は腕を摑《つか》まれる。

小さな子供の手だ。そのままぐいぐいと引っ張られて珠は木陰から一歩出た。

一瞬、珠は日差しの明るさに目がくらんだが、前を歩く子供の着物に、色鮮やかな小槌《こづち》柄が並んでいるのが見えた。珠が戸惑っていることなどお構いなしに、子供はずんずんと歩いて行く。

「あ、あの……ふぁっ!?」

「ってぇ……っておまえだれ」

ようやく意を決して声をかけようとした瞬間、背にぶつかった。

しかしぶつかった背中は、紺地に絣《かすり》模様の着物である。

珠が顔を上げると、見返していたのは少年だった。珠が軽く上を向く程度の背だから十歳くらいだろうか。素足に下駄履《げたば》きで、短い絣の着物をしりっぱしょりしている。

小袖柄の着物ではない。いつの間にか、珠の手を引いていた手もなくなっている。

少年の周囲にはこの近所の子供達が集まっていた。

手を引いていた子供は一体誰だったのかと珠は戸惑ったが、不注意とはいえ少年にぶつかってしまったと怯《ひる》む。

「あの、その」

まごついてしまった珠だったが、少年は好都合とばかりに珠の手を掴んできた。

「ちょうどいいや、数が足りないんだ。来いよ」

「えっ」

面食らっている間に、珠は少年によって子供達の輪の中に引き入れられた。

子供達は珠と同じくらいの年齢から、少年と同じくらいの年頃まで性別問わず様々だ。一様に浴衣を着ているが、暑いのだろう諸肌《もろはだ》を脱いだ子もいる。足下もちびた下駄履きの子もいれば、裸足《はだし》の子も少なくない。

中には結び紐《ひも》で赤子を背負った少女もいた。子守をしながら遊ぶのは、ここでも一緒なのかと珠は少しだけ安堵《あんど》した。

ただ、彼らの注目を浴びた珠が怯んでいると、彼らの一人が少年に聞いてきた。

「清《きよし》、その子だれ！」

「よその子！　これで足りるだろ！」

珠を引っ張ってきた少年は清というらしい。この集団の中心人物でもあるらしく、彼の一声で子供達はすぐに納得して、口々に話し始めた。

「じゃあ影踏み鬼の鬼を決めるぞー！　影踏まれたら交代だ。ちびは逃げる側な！」

「じゃーんけーん！」

「ちえっおれかよ。じゃあかぞえるぞー」

珠が声をかけあぐねている間に鬼が決められ、数が数えられ始めた。

影踏み鬼なら知っている。けれど、このまま遊んでしまって良いのだろうか。

蜘蛛《くも》の子を散らすように子供達が去って行く中で、珠が狼狽《うろた》えているとまた手を引かれる。小槌柄の袖《そで》が見えた。

『逃げよ』

「あ、はいっ」

とっさに答えてしまい、しまったとなったが、鬼になった清が目を閉じて数える数はどんどん減ってゆく。

珠がぐずぐずしていればこの子が捕まってしまう。話は合間に聞いてみよう。そう自分を納得させた珠は、手を引かれるまま走り出したのだった。

「おーい！　よそッ子！　どこだよ！　鬼が泣きそうだから出てこい！」

清の困惑の声を皮切りにほかの子供達が口々に呼ぶ声が聞こえる。

よそッ子、が自分のことだとわかっている珠は、隠れていた大きなたらいの中から這《は》い出した。思わぬ近くから現れたせいか、清達がぎょっとしているのに、珠は少ししょんぼりとする。だがすぐに子供達から、驚きの声が響いた。

「すっごいよそッ子！　なんでそんなに隠れるのうまいの！」

「えっと、隠れることがよくあった、から……」

珠が答えると、彼も彼女も唸《うな》るように納得していたり、悔しがったりしている。

「くそう、影踏みだってひらひら逃げられるばっかだし」

言葉に含まれる尊敬と感心の色が妙に気恥ずかしくて、珠はうつむく。

どきどきと鳴る胸を押さえたが、自分が夢中で遊んでいたことに気づいて青ざめる。

暑い日差しの下を、息を切らして走り回っていた。

遊び回っているうちに、影踏み鬼が鬼ごっこになり、隠れ鬼になるほど何度もやった。

空はいつの間にか、かすかに茜色《あかねいろ》に染まっている。

話を聞かなきゃいけなかったのに、忘れてしまうなんて。

薄々感じていたが、珠の心も体の年齢に引きずられてしまっているようだ。

けれど、と珠は胸に手を当ててみる。そわそわと落ち着かなくて、どきどきして、大声で叫びながら、走り出したいような心地があった。なによりとても解放感があった。

捕まったり捕まえたり一喜一憂して、あんなに笑いづらかったのが嘘《うそ》のように、表情が緩んでいた。

でも、これが初めてじゃない。気がする。

珠が記憶を探ろうとしていると、巾着の上に姿を現した貴姫が笑っていた。

『楽しかったのう、珠よ！　そなたが遊ぶ姿を見られて妾《わらわ》は嬉《うれ》しいぞ』

貴姫の慈愛に満ちた表情で、珠はあっと村でのことを思い出す。

そうだ、社に入る前、まだ村の中で暮らしていた頃は、村の子供達とこんな風に遊んでいた。おぼろげだった記憶が鮮明になる。あの頃と同じ気持ちが胸に宿っていた。

「……たのしかった。です」

ぽろりとこぼした珠に、貴姫はますます相好を崩す。

『そうだなあ、よかったなあ。社に入ってからはできなかったものなあ』

「で、でもちゃんとおやくめもはたさなきゃいけません」

体は子供でも、今の珠はきちんと成長しているのだ。

この休憩時間など絶好の機会ではないか。と顔を上げると、はしゃいだ少年達が口々に話し合っていた。

「なあなあ、ほかに何してあそぶ？　またかくれんぼ？」

『ならこの先にあるお屋敷においでよ。広い庭があるよ』

「だめだよ！　そろそろ日が暮れるから、帰らなきゃ隠し神様がきちゃうよ！」

「隠し神さま……ですか？」

珠がきょとんと訊《たず》ねると、怯《おび》えた少女が話してくれた。

「真っ暗になるまで遊んでいると、隠し神様が気に入った子を攫《さら》っていっちゃうの。だから夕暮れまでに帰らなきゃいけないのよ」

しかし清が意固地になったように言い返した。

「でも隠し神様が満足すれば帰してくれるんだろ。隣町の和馬《かずま》だって帰って来たし」

『そうだよ。帰りたくない子を、守っているだけ』

誰かの言葉に勢いづいた別の少年が、少女にまくし立てる。

「やっと怖い男達が居なくなったから、お化け屋敷にまた遊びに行けるんだぜ！　あそこの庭は隠れるところがいっぱいあって楽しいじゃないか」

「で、でも隠し神様はぼろを纏《まと》ったびっくりするほど大きなしわくちゃのお婆《ばあ》ちゃんで、袋に入れて持って帰った子供を、頭からばりばり食べちゃうって！」

「とにかくいやだもん！　行くんなら男の子達だけで行ってきてよ」

徐々に同じ意見らしい少女達と、屋敷に遊びに行きたい少年達の対立という構図になっていった。珠は、隠し神は子供達の間で有名なこと、お化けが居るお屋敷があるというのを心に刻む。

少女達にしびれを切らした清が、珠に声をかけてきた。

「おい、よそッ子。あいつらは放っておいて行こうぜ」

誘いには驚いたが、良いかもしれない。屋敷の場所を確認すれば、銀市に伝達しやすくなる。それに本当に夕暮れまで遊んでいると隠し神が出るのであれば、彼らだけで行かせるのは良くない。

珠が頷《うなず》こうとした矢先、少女にぐいっと手が引っ張られた。

「ついていかない方がいいよっ」

「で、でも」

行ってみなければいけない。だが珠は自ら手をふりほどけない。視線をさまよわせると、もう片方の手を清に摑まれた。

「こいつだって行きたがってるんだ、手を離せよ」

「そんなわけないじゃない！」

言い合う彼らに両方から手を引っ張られる。子供の力とはいえ今の珠も子供で、痛みにぎゅっと目をつぶった。珠が痛みを堪《こら》える姿に、我に返った清はぱっと手を離した。

しかし引っ張り続けていた少女の力は緩まなかったため、踏ん張りきれなかった珠は少女を巻き込んで倒れてしまう。

『珠ッ』

一瞬だけ貴姫が現れて受け止めてくれたおかげで、痛みはなかった。

しかし、びっくりした少女はたちまち泣き出してしまう。

存外大きく響く泣き声に少年達はたじろぎ、清は手を離した姿勢のまま硬直していた。

だが声を聞きつけてきた様子の女が現れる。

どこか清に顔が似ている女は、立ち尽くす清と転んだまま泣く少女と珠を見るなり、目をつり上げた。

「こらっ清！　女の子を転ばせて何してんの！」

その怒声に、少女を慰めようとしていた珠は硬直する。村での記憶が鮮明に蘇《よみがえ》る。

――大人に見つかってしまった。珠は外界の子供と遊んではいけないのに。

体の芯が冷たくなるような心地がする。あれだけ暑かった気温さえ感じなくなり、女が荒い下駄《げた》音を鳴らしながら清に近づいていくのを注視した。

『い、いかん。珠っ、たまよ！』

貴姫の声が遠い。

怒られた清は一瞬息を呑《の》んだが、すぐに言い返す。

「ちっげえよ！」

「嘘言うんじゃないよっ。いつもいたずらばっかりして、取っ組み合いの喧嘩《けんか》までするじゃないか！」

「だからちがうってかーちゃんっ」

清が声を荒らげても、ますます清の母は目をつり上げると、手を振り上げた。

話を聞かない子供を、叩《たた》いて言い聞かせるのは普通にあることだ。

おそらく、清の母は叩くそぶりを見せて威圧しようとしたのだろう。

だが珠は突き動かされるように、清と母の前に飛び込んだ。

突然割り込んできた珠に、清も清の母も手を止めて幼い珠に注目する。

「お嬢ちゃんどうし……」

「ごめんなさいっ！」

珠がからからに渇いた喉《のど》から絞り出した声は、悲鳴に似ていた。

心臓がどくどくと激しく鳴っている。息が苦しくて、涙が溢《あふ》れそうになったがそれは駄目なのだ。

――だって珠は贄《にえ》の子で、害され、穢《けが》されたら罰を受けるのは相手なのだから。

そうして社の珠に会いに来てくれた子供達は、みんな大人達に泣き声も上げられないほど折檻《せっかん》されたのだ。

――だから珠が謝らなければならない。

でなければ遊んでくれた清まで折檻されてしまう。

村での記憶が鮮烈に蘇ったことで、今と過去の区別がつかなくなっていた。

珠は蒼白《そうはく》になりながら、その場に手をついて、目の前の村人に望まれるはずの言葉を繰り返した。

「ごめんなさい、ごめんなさい、わたしが悪いのです！　わたしが遊びたいだなんて思ったのがいけないんです。ごめんなさい。おこらないでくださいっ」

珠の異様とも言えるその必死さに、清と清の母親は絶句し立ち尽くしていた。

悪いのは全部珠なのだ。すぐに贄の子らしくできなかったから。謝って許してもらって、お役目を十全に務めなければならない。そうしなければまた子供がぶたれる。

いや、自分はもう贄の子ではなくなったはずだ。子供が折檻されることはないはずだ。

なのに言葉が止まらない。

「これからはちゃんと言うことききますから、言うとおりにしますから、外に出たいなんて思いませんから、なにもふまんをもちませんから、きよしさんをぶたないで……っ！」

息が苦しい、頭がぐらぐらする。でも許してもらうまで、何度でも謝らなければ。

珠が震えながらもさらに息を吸おうとしたとき、水の匂いと嗅《か》ぎ慣れたさわやかな紫煙の香りがした。

「珠」

呼ばれたとたん、ひっとまた体がすくみかけたが、珠の目の前には金色の双眸《そうぼう》がある。

視線を合わせるために膝《ひざ》をついて覗《のぞ》き込んでいるのは、癖のある黒髪に彩られた端麗な男だった。村の人間ではない。

骨張った大きな手が、珠の華奢《きゃしゃ》な肩にかけられる。

「大丈夫だ、珠。今、ここに、君を害するものはない」

ひとつ、ひとつ、区切るように語られたそれに、村の記憶に埋め尽くされていた珠の感覚が現実に戻ってくる。

この声に呼ばれるのは怖くない。そうだ、だってこの人の側は安心できるのだから。

「銀市、さん」

茫洋《ぼうよう》と珠が呼ぶと、銀市はやわく、表情を和ませた。

「ああそうだ」

銀市にゆっくりとした動作で、頭を撫《な》でられる。

珠の体から、どっと力が抜けた。

しかし、冷えた声が響き渡る。


『子供をいじめるの』


少年にも、少女のようにも聞こえる幼い声だった。

その声は、今までずっと珠達と遊んでいた子のものだ。

けれど遊んでいる最中とは違い、ひどく無機質な響きで、珠がとっさに振り返ると、銀市に引き寄せられる。銀市の眼差《まなざ》しが険しい。

珠の視線の先に居たのは、やはり今まで遊んでいた子供だ。

髪をおかっぱに切りそろえ、肩揚げと腰揚げがされた夏らしい絽《ろ》の着物を着ている。

色鮮やかな小槌《こづち》柄の着物で、珠はその子が珠の手をはじめに取った子だと気づく。

珠があっと息を呑んだのは、幼い子供の姿に、背中が曲がって、袋を担いだ醜い老婆の姿が重なって見えることだ。子供達が話していた、恐ろしい隠し神のように。

「か、隠し神さま……」

「あたしたち、さらわれちゃう……？」

少女達のつぶやきで、珠は子供達にも見えていると知る。

しかも、少女達の声に反応するように、老婆の……隠し神の姿が鮮明になる。

怯えた子供達が、悲鳴を上げて逃げてゆく中、現れた妖怪《ようかい》を注視していた銀市が、間髪を容《い》れず声を張り上げた。

「お前が子を攫っている妖怪だな。その姿は座敷童《ざしきわらし》のはず！　お前は子と家を守る妖《あやかし》であったはずだ！」

銀市に座敷童と呼ばれた妖怪は、老婆の姿が薄らぎ、再び子供の姿に戻る。

珠は、呼ばれた名前によって姿が変わっているのだと直感する。

子供……座敷童は敵意に満ちあふれた表情で、清の母を睨《にら》むばかりだ。

一方で清の母にはその姿が見えていないらしく、子供達が逃げていく姿を戸惑ったまま見送っている。

座敷童の姿がかき消える。再び現れたのは清の傍らだ。

そして、座敷童が清の手を摑《つか》んだとたん、ふっと彼らはそろって姿を消した。

清の母は何が起きたかわからないように、呆然《ぼうぜん》とする。だが目の前で我が子が消えた動揺ではなく、なぜここにいるか理解できない様子だった。

「あれ、あたしは、いったいなにをしてたんだっけ……？」

まるで「清」という少年を忘れてしまったように。

清が隠し神に攫われてしまったからだ。

どうしよう、と珠がその場ですくんだが、銀市に覗き込まれた。

「珠、俺は今からあの座敷童を追う。疲れていなければ一緒に来てくれないか」

そうだ、神隠しを解決するために、自分はここにいる。

「い、行きます！」

珠が間髪を容れず答えると、銀市に手を引かれた。

空が焼けるような夕暮れが、紫になり藍色と混ざり合う。逢魔《おうま》が時《とき》と呼ばれる時刻にさしかかり、珠の目には先を行く銀市の背と、つながれた手だけがおぼろげに見えた。

意外にも化け物屋敷は珠達が遊んでいた場所から、それほど歩かない位置にあった。

長屋近くは煮炊きの音が響いていたが、その化け物屋敷がある場所は人通りも絶えており、濃い闇を落としていた。

銀市は歩きながら、手短に説明してくれた。

座敷童の記憶を曖昧《あいまい》にする術は妖怪達には効きづらかったらしい。何体かの妖怪は、元商家の屋敷に住まう座敷童を覚えていた。そして、屋敷の庭が子供達の遊び場になっており、時折遊びの輪に座敷童が交ざっていたことも。

「屋敷に侵入した子供達と遊んでいたから、姿を保てていたのだろうな。しかし子供を攫《さら》い始めてしまった結果、隠し神に変わり始めているのだよ」

銀市の声音は険しい。珠は座敷童の姿がぶれていたのを思い出した。

「妖怪が、変わることもあるんですか」

「人のように急激ではないにしろ、妖怪にも変化はある。もともと存在自体あってないような者が多いからな、些細《ささい》なきっかけで容易に揺らぐ。変化に耐えられるほどの力を持つものはごく少ないが、座敷童は人が住まない屋敷にも独りで住み続けられたのだ。かなりの力を蓄えていたのだろうな」

銀市は辿《たど》り着いた化け物屋敷の門扉を、厳しい表情で見上げる。

「今、あの座敷童は、人々の噂《うわさ》によって『隠し神』の話に結びつけられてしまい、急速に変化し始めている。子供と家を守護し福をもたらす『座敷童』と、子供を攫い害する『隠し神』との間で揺れ動いているんだ。そもそも、子を攫うこと自体が座敷童の性質から逸脱している。このまま隠し神の性質に傾けば……」

銀市が途切れさせた言葉の先を察した珠は、唇を震わせた。

それは、見過ごせないのだろう。人を攫う恐ろしい妖怪に変貌《へんぼう》してしまう前に対処をするのは、銀市の役割として当然のことだった。

けれど、珠はあの座敷童にとても、よくしてもらったのだ。胸のあたりが痛い。

感情が噴き出したことが尾を引いているのだろうか、いつもならば気にならないような感情まで、鮮明になっている気がする。

珠が胸元をぎゅうと握っていると、ぽんと頭に手が乗せられた。

「だが、まだ引き返せると、俺は考えている」

珠が顔を上げると銀市が表情を和らげていた。

「今まで攫われた子供は、何かしらの家に帰りたくない理由があった者ばかりだった。親に怒られた、大事なものを壊してしまった。親に甘えられず、気を引きたい。今神隠しに遭っている千代は赤ん坊に親の関心を奪われたことが、うまく消化できなかったらしい。その願いに応《こた》えたのが、座敷童だった」

あっと、珠は気づく。

「していることは、ぜんぶ、家をまもり、子をまもることもあるざしきわらしのままだから、ですか」

「その通りだ、あの少年を連れて行ったのも、母に叱られる子を守ろうとした結果だろう。ならば、こちらの声が届く」

珠がほのかな希望を感じて見上げると、銀市は頷《うなず》いて続けた。

「座敷童でいれば、子供を攫うことはなかったはずだ。しかし座敷童であるからには、守る家には人が居なければならない。だから、子供を攫って家に留《とど》めたのだろう。それでも記憶を消して帰すのは、子供のためにならないと、無意識に理解しているからだろうな」

「ざしきわらし、さんは、さびしいの。でしょうか」

珠がぽつりとこぼすと、銀市は意外そうに眉《まゆ》を上げたが、納得するように頷いた。

「かもしれんな。だから共に遊んだ君の声がよく届くはずだ。相手も君には危害を加えない。俺に何があっても、座敷童を説得して欲しい。できるか」

「は、はい」

珠は銀市の言葉にこくりと頷いて、改めて化け物屋敷の門扉を見上げる。

だが古めかしい木製の門がひとりでに、重いきしみを上げて開いた。

中には暗がりでもわかる、草木が伸び放題で荒れ果てた庭が広がっている。奥に鎮座する屋敷の玄関前にはなぜか青白い明かりが点《とも》っており、仁王立ちをした座敷童がいた。

明かりがあるとはいえ、この暗がりではっきりと視認できるのは、彼が人に非《あら》ざる者だからだろう。

しかし、その姿は先ほどよりもずっと曖昧で、今も大柄な老婆の姿が重なって見えるほどだ。珠は緊張でかすかに喉《のど》を鳴らしながら、銀市が敷地へ一歩入ろうとするのに従う。

ひゅんっと銀市の傍らを何かが通り過ぎていった。

地面を転がっていったのは、小石である。

『また子らを害しに来たのか！』

そう、叫ぶ座敷童の周囲に、欠けた植木鉢や、茶碗《ちゃわん》や湯飲み、箒《ほうき》、枝など様々な器物が浮いていた。飛んできた小石も、そうして投げられたのだろう。

敵意を向けられた銀市は、しかし顔色を変えず、座敷童にゆっくりと近づきながら呼びかける。

「座敷童、お前も己の存在が揺らいでいるのを自覚しているな。このままでは子を害する者になるぞ。それで良いのか」

『戯《ざ》れ言を！　どうせそなたらもあの男共のようにこの家を荒らすのだろう！　わたしがどうなろうと子らは守ってみせる！』

全く聞く耳を持たない座敷童は、ぐんと周囲に浮かんでいた物を銀市に飛ばしてくる。

すぐに、銀市は珠をかばってくれるが、植木鉢が彼の体に当たるか当たらないかの所を飛んでいく。それを皮切りに、座敷童は様々な物を投げつけ出した。

銀市が言っていたのは、これを予想していたからなのだと理解する。器物のどれもが銀市を狙うが、珠には当たらないようにされているようだ。

『家に居るのが嫌ならば、わたしと一緒に居てくれたっていいじゃないか……！』

座敷童の言葉は支離滅裂で、珠が話しかけても声が届かないようにすら感じられた。珠とて、説得を了承したが何を語ればいいのか迷っていたのだ。自分に座敷童を引き留められる力などないのに。

『ええい！　子を盾にしおって卑怯者《ひきょうもの》！　どうせその子もお前が害しておるのだろう！』

身をすくめていた珠だったが、座敷童の言葉に、とっさに言い返していた。

「銀市さんはちがいます！」

物が転がる音にも紛れず響いた珠の声に、座敷童が虚を衝《つ》かれたようにその手を止める。

珠は体に引きずられるように、言葉を溢《あふ》れさせた。

「おねがいです、銀市さんをわるものには、しないで。あなたに、いっぱい、ありがとうっていいたいんです。あそびにまぜてくれて、あそんでくれてうれしかったから。またあそべたらって思ったんです。でも、ざしきわらしさんが、あぶ、あぶなくて………」

徐々に声に涙が交じり出し、珠は動揺する。

今泣いてはいけない。しゃべれなくなれば説得もままならなくなる。

珠の大人の部分は泣き止もうと試みるが、うまくいかなかった。着物をぎゅっと握りしめて唇を噛《か》んで堪《こら》えようとしても、一度溢《あふ》れた涙は止まらない。

座敷童が浮かせていた道具が地面に落ちて、けたたましい音を響かせた。

びくっと珠が驚いて顔を上げると、慌てた座敷童が近づいてくる。

『な、泣くな泣くな。な？　そんな泣き方は良くないぞ』

「ごめっ、なさい。すぐ、なくのやめ……」

珠は爪が手のひらに食い込むほど、手に力を込める。だが、一層狼狽《うろた》えた座敷童に手をとられた。心底案じる座敷童を、珠はぼろりと大きな雫《しずく》をこぼしながら見返す。

『わ、わかった、わたしが悪かった。な？　なにが悲しかったのだ！』

「ざしきわらしさんが、かわっちゃうのが、ぐすっ、こわくて。ぎ、ぎんいち、さんがひっく、たすけようとしてるのに、おはなし、きいてくださらなくて……」

『……そうなのか？』

珠は涙でにじむ視界の中で、座敷童が銀市を見上げるのを見た。

すでに珠をかばうのを止めた銀市は、座敷童に頷いて見せる。

「俺は、子供達を守るためにやってきた。決して害することはないと誓おう。そして、君が困っているのであれば助けたいとも願っている」

『助け……？』

座敷童《ざしきわらし》が不思議そうにするのに対し、銀市は膝《ひざ》をついて座敷童と視線を合わせた。

「俺は妖怪《ようかい》達の仕事や、居場所を紹介する口入れ屋をしている。少し変化を受け入れてもらう必要があるが、君が望むのであれば、本来在りたい形で在れる場所を紹介しよう」

息を呑《の》み込んだ座敷童は、怯《おび》えたように表情をゆがませる。だがしかしきゅっと引き結んでいた唇を恐る恐る開いた。

『ひとりで、いなくてもよいのか……』

ああ、ほんとうに、寂しかったのか。珠はひっく、としゃくり上げながらも摑《つか》まれたままの座敷童の手に力を込めた。

「だい、じょうぶです。銀市さんなら、よいところを、みつけてくださいます……」

『わかった、わかったから泣くな』

珠の手の中にある座敷童の手は、子供の物で、すでに老婆の形は見る影もない。

良かった、もう大丈夫だ。しかし、泣き止みたいと考えても、涙は止まらない。

すると、ひょいと銀市に抱き上げられて、とんとんと頭を撫《な》でられる。

いつもの紫煙の香りとほんの少し汗の匂いがした。自分よりも体温が低い銀市が心地よく感じられる。

「よし、よし。君が全部解決してくれたな。すまないが、助かった」

「おや、くにたったのならっ、よかった、です……」

「ああ。止まるまで泣くと良い。――すまない、座敷童、彼女が落ち着くまで、どこかに座らせてもらっても良いか」

『も、もちろんだ』

そんなやりとりが聞こえる中、珠は不思議な安心感を覚えながらも、止まらない涙に途方に暮れたのだ。

＊

風が首筋を撫でて汗を引かせていく。夢とうつつをさまよう中で、珠は規則正しい振動が止まったことを感じた。

『っ珠ちゃんっどうしたの!?』

「少し騒動があって眠ってるだけだ。ただ事件は一応解決したんだが、色々あってな。つい楽しそうだったものだから、見守っていたのも悪いんだが……」

銀市と狂骨が話をしている声に、珠がゆっくりと瞼《まぶた》を開くと、そこは屋敷の玄関先で、銀市に横抱きにされていた。

珠はぼんやりとした頭で、銀市が事後処理をしている最中に耐えきれず眠り込んでしまったことを思い出す。

また迷惑をかけてしまったのだ。

謝らなくては。珠がはっきりしない頭で考えると、戸の前に居る狂骨と目が合った。

『珠ちゃんっ』

なぜ、そのように必死な顔をしているのだろう。どうして、ほっとしているのだろう。

珠が不思議に感じている間にも、狂骨はとっさに珠へ手を伸ばすが、触れる寸前でためらうように指が止まる。

けれど、それを見た銀市が言った。

「お前にその意思がなければ、生者《せいじゃ》に触れても問題ない。わかっているはずだ」

表情を強《こわ》ばらせて葛藤《かっとう》していた狂骨が苦しそうで、珠はゆるりと首をかしげる。

「きょうこつ、さん？」

だいじょうぶですか、と聞こうとした矢先、狂骨の手が珠の体を掬《すく》っていく。

ぎゅう、と力を込めて抱きしめられたその感触に体温はない。当然だ、狂骨はもう生者ではないのだから。

けれど、珠の胸の奥がじん、と痺《しび》れるような心地を覚えた。

『大丈夫、大丈夫。もう怖くないからねえ』

ぽんぽんと、やさしく背を叩《たた》かれるのに、満たされるような温かさが広がっていく。

夏の暑さとは違うぬくもりは、未知の感覚だ。

戸惑った珠が見上げると、狂骨はにっかりと笑って見せた。

『さあっ、家鳴り達がご飯をこしらえてるよ！　それだけいっぱい遊んだんなら、お腹すいてるでしょ？　その後はいっぱい汗をかいただろうしお風呂《ふろ》かな』

「ごはん、よういしてくださったんですか」

『もちろんよ。まああたしは外から指示を出しただけだけどね』

苦笑する狂骨だったが、珠はふわふわとした心地を覚えた。

こんなこと、されたことはない。顔が熱くて、心がむずむずと落ち着かない。

でも、嬉しい。言葉はするりと出てきた。

「あり、がとうございます」

そこで、珠は抱かれたままなことを思い出す。子供でもそれなりに大きいのだ。重いだろうと、下ろしてもらおうとしたのだが、自分の手がきゅっと、狂骨の服を握って離れない。おかしい。どうしたのだろうか。

戸惑っていると、狂骨は目を細めた。眼差《まなざ》しは切なげで泣きそうでありながら、沁《し》みるようにやさしい。

狂骨は目の前に居る銀市を見た。

『あたしも、家に上がっていいかい？』

その言葉で、珠は今まで狂骨が家に上がらなかったのが、彼女の意思だったことを知る。

狂骨を見返した銀市は、淡々と答えた。

「そもそもお前の家だ。俺の許可はいらんさ」

『……そうだね、意固地になってたのはあたしの方さ』

ふっと肩の力を抜いた狂骨は、珠を見て微笑《ほほえ》んだ。

『おかえり、珠ちゃん』

きしきしぱちぱちと中から音が響くのは、家鳴り達だろう。

さらに、銀市が戸を開けたとたん、べろんと天井下りが降りてきた。

「いつもはここまで出迎えに来ないだろうに……」

銀市が呆《あき》れをにじませるのも構わず、天井下りは珠にひらひらと手を振っている。

帰ってきたことを、歓迎してくれているのだ。

胸が、また温かくなる。

「ただ、いま、です」

珠はたどたどしく返すと、銀市がすでに開けていた戸を狂骨と共にくぐった。

銀市はあの後、清達を家に送り届けてくれたらしい。清と行方不明になっていた少女、千代は無事で、座敷童に誘拐されている間の出来事はおぼろげにしか覚えていないのだという。落ち着いたらしい座敷童は、自分のしたことを省みた結果、一晩頭を冷やしたいと願ったため、明日改めて赴くと銀市は語った。

なぜ伝聞なのかと言えば、珠はその間ずっと朧車《おぼろぐるま》の中で眠っていたからだ。泣いたせいで疲れが一気に来てしまったらしい。

いつもなら平然としてできることも、子供の体ではうまくいかない。

だが、銀市は嫌がるそぶりなど一切見せず、もちろん珠を責めることもなく労《いたわ》ってくれた。一度も目覚めずに家に辿《たど》り着いたのは、銀市がそっと運んでくれたからだろう。

申し訳なく思うべきなのに、とても心に沁みるのだ。


珠は家鳴りが用意してくれたご飯をお腹いっぱいに食べて、狂骨と風呂にまで入った。

『今日は暑いから、きっと寝るまでには乾くよ』

風のよく通る縁側で、狂骨に洗ってもらった髪の湿り気を手ぬぐいで丁寧に拭《ぬぐ》われる。

手つきがとてもやさしくて、珠はまた胸の奥がじんとするような疼《うず》きを覚えた。

こんなこと、実の両親にもされたことがない。

なぜなら珠の村では、子供が沢山産み育てられていたからだ。

珠の生家も例に漏れず、兄弟は沢山居て、下の弟妹の面倒は上の子が見るものだと自然と決まっていた。生家の中では年長だった珠も、七つで贄《にえ》になるまでは弟妹の世話をしていたのだ。

子供でも、地方の村では立派な労働力だ。さらに、珠の村が周辺の村よりも子供が多かったのは、贄の子にふさわしい力を持つ子を得る必要があったからだ。

贄の子は最低限人に非《あら》ざる者が見えなければならない。持ち回りで贄の子を輩出するとはいえ、ふさわしい子が居なければ、別の家の力ある子が選ばれる。

だから、少しでも贄の適性がある子を用意するため子供は多く、子供が多いゆえに親の関心もひどく薄かったのだ。

あの村では程度の差はあれ、人ではないものが見えるのが当たり前だった。人に非ざる者を見ても、恐怖や嫌悪を向けられない代わりに、子供は空気のような存在だった。

おかえりと言われることも、世話をされることも……抱きしめられることも、なかったのだ。

そうだ、珠は、体が幼くなってからずっと感じている。

ご飯を食べるのも楽しくて、銀市が助けてくれるのがいつも以上に嬉《うれ》しくて、何より狂骨に世話をしてもらうのが、くすぐったい。

「どうして、うれしいんでしょう」

申し訳ないことのはずなのに。ぽつりとつぶやいた言葉を聞いて、珠の後ろにいた狂骨が覗《のぞ》き込んでくる。

ああ、まただ。じんと心に沁みる。

自分の考えたことをたどたどしく説明すると、狂骨はじんわりと笑んだ。

『そっかぁ。珠ちゃんは、おっとさんやおっかさんに甘えられなかったんだねえ。甘えたことがなかったら、わかんないよね』

狂骨の表情には痛ましさが覗くが、優しさは変わらない。

ほんのりと透けた手で、ゆっくりと撫でられる。珠は、つきつきと胸のどこかが痛い気がした。

『甘えるってのはね、あたしは信頼している人に自分の気持ちを受け止めてもらうことだと思ってるよ。受け止めてもらって大事にされてるって安心する。安心して、ここに居ていいんだって実感するんだ。今珠ちゃんは、沢山気持ちを受け止めてもらって、嬉しくて、安心したんだろうね』

確かにそうだ。珠はとても嬉しかった。そして体の内側が緩むような心地は安心しているからなのだ。

しかし、それを素直に受け止めようとすると、心の奥がぎゅうと縮こまるのも感じた。

珠の体が強ばるが、その前に狂骨に後ろからふんわりと抱きしめられた。

銀市のように体温は感じられない。けれど、柔らかくて、やさしくて、なぜか目頭の奥がつんと痛くなった。

『怖がらなくていいよ。だいじょうぶ。大丈夫。あたしも、ヌシ様も、ここの妖怪も。みんな珠ちゃんが甘えてくれて嬉しいからね。珠ちゃんが甘えてくれると、信頼してくれてるんだってわかるからね。まだまだやって欲しいくらいなのよ』

言葉が、とても、あたたかいと、珠は思った。

珠はおずおずと、体に回された腕に触れると、ますます狂骨の腕に力が籠《こ》もった。

「きょうこつさんも、甘えたことが、あるんですか」

『まあね、あたしのおっとさんとおっかさんはいい人だったから。甘えさせてもらって、安心すると、この人のためになりたいって力も湧いてくるのよ。……だからあたしはあの人達のために決心できた』

珠が見上げた狂骨の横顔は切なげで、どこか遠くを見ていた。悲しそうに思えて、珠は狂骨の頬に手を伸ばす。

「いたい、ですか」

『珠ちゃんは優しいねえ、あたしを甘えさせてくれるの？』

じんわりと微笑む狂骨に、珠はびっくりする。

「きょうこつさんが、わたしに甘えるのですか」

『そうだよお。甘えて、甘えられて。ありのままの自分を受け入れてもらって、受け入れて。そうして大事にし合うの。あたしを、珠ちゃんは受け入れてくれたでしょ？　いつか、わがままだって言えるようになるといいね』

ぎゅっとまた抱きしめられる。

思い出したのは、夕暮れのこと。そして座敷童《ざしきわらし》の屋敷で泣いた時のことだ。

駆けつけた銀市に、気持ちを受け止めてもらって、珠は安心した。そして少なくとも、思い出せる限り、銀市は嫌がってはいなかった。だけでなく、優しく労ってくれたのだ。

あの時、珠は銀市に甘えていたのだろう。

きゅう、と心が苦しくなる。でも、いやじゃない。

うれしい。

髪はずいぶんと乾いた。また眠気が忍び寄る気配がしたから、ちゃんと自分の足で二階に行くために離れなければならない。

けれど、狂骨の腕の中はとても心地よくて、抜け出すのがおっくうだった。

珠は散々迷った末、おずおずと狂骨を見上げる。

「そろそろおへやに、もどろうと、おもいます」

『ん、そうかい？』

「だから、あの。……さいごにぎゅっと、して、もらっても、いいですか」

そう、願うのは、恐ろしく緊張した。

けれど、目をまるくした狂骨はとたん。ぎゅうと抱きしめてくれたのだ。

『ヌシ様にも、甘えられるようになると良《い》いね』

そんなやさしい狂骨の言葉が珠の心に響いた。

＊

■■は手に少ない荷物を固く握った。隣には脚絆《きゃはん》にわらじを履いた旅装の男と、■■と同じ年齢くらいの少女達がいる。みんな虚《うつ》ろで、生気のない顔をしてうつむいている。

確かに、これから山や川を越えて行く先のこと。そこで待ち受けている生活を考えれば、そうなりはする。

だがしかし、■■はそんな暗い顔をしたくなかった。

だって目の前には泣きそうな顔でいるおっとさんとおっかさん、兄弟達が居るのだ。

今にも止めにしないかと言わんばかりに見つめられて、■■はもう一度決意する。

不作続きで、食べるものがなくて、もうみんなやせ細ってしまっている。このままでは冬が越せない。

だが食べ盛りの自分が行けば、口減らしにもなるしそのおかげで米を買えるのだ。

無駄じゃない。だから、怖くない。たとえ今生の別れになったとしても、後悔しない。

彼らの最後の記憶に、泣いた顔なんて見せたくない。

『[redacted]、ほんとうに行くのかい』

母親に呼ばれた[redacted]は、精いっぱいこの人達が安心すると語ってくれた、とびきりの笑みを浮かべたのだ。

『あたしが行けば、みんな腹いっぱい食べられるんだ。だから安心しとくれ、あたしは吉《よし》原《わら》で幸せになるからさ！』

これは、誰なのだろう。

珠がそう考えた瞬間、意識が浮上した。

第三章　恐慌乙女と手当て

昼下がりの銀古《ぎんこ》の座敷で、銀市《ぎんいち》は御堂《みどう》と向き合っていた。応接間も例に漏れず、夏仕様となっている。窓に垂らされた簾が日差しを遮り、床の間に飾られた掛け軸の中では、絵にもかかわらず、錦鯉《にしきごい》が優美に跳ねて水音を立てた。

「ありがとう銀市、座敷童を説得してくれて」

上着を脱ぎ、夏用のシャツにサスペンダー姿の御堂が語る。

あの日御堂が銀市へ相談していったのは、神隠しだけではなかった。もう一つ御堂が追っている別の事件が絡んでおり、切迫していたのだ。

煙管《キセル》を呑《の》んでいた銀市は、吸い口から唇を外した。

「座敷童は、子を守るために変質していた。きっかけは、屋敷を無断使用していたやくざ者が、子供を害そうとしたからだと本人が語った。人恋しさにやくざ者を受け入れていたが、子供を傷つける存在だと理解して以降は、すべての大人を拒絶していたようだ」

「なるほどね。その座敷童が、やくざ者から場所の記憶を奪っていたわけだ。捕縛したやくざ者が証拠物品の保管場所を忘れていて、その忘れ方が不自然だと僕達の所に持ち込まれたまでは良かったんだけど。証拠品が見つからなければ、やくざ者をしょっぴけないと言われてしまってね。唯一の手がかりを逃すわけにはいかないと、上から圧力をかけられた……本当に悪かった」

いつもなら嬉々《きき》として銀市を頼る御堂だが、今回ばかりは忸怩《じくじ》たる想いがあるらしい。

確かに、普段であれば多少時間はかかっても、問題なく彼らのみで解決できた案件だ。銀市自身がそれだけの訓練を施し、受けた御堂もまた、相応に部下を鍛えたからだ。銀市を頼るのが常態になれば、彼らのためにならない。なにかと銀古を訪れて助言を求める御堂だったが、情報を得る以上のことは願わない。その一線はわきまえているからこそ、銀市も彼の訪問を許していたのだ。

今回は信念を曲げてでも解決を急ぐ必要を理解していたため、目をつぶった。

だから銀市は御堂の謝罪に答える代わりに、問いかけた。

「偽札事件の進展はどうだ」

「……これがあの屋敷から押収できた偽札だ」

気を取り直したらしい御堂が、鞄《かばん》から取り出した封筒を差し出してくる。

受け取った銀市は、封筒の中に入っていた札をじっくりと眺めた。

「やはり、本物の紙幣と認識させるよう呪《しゅ》がかけられているな。一瞬錯覚させる程度の効果だが、術者が関わっているぞ」

かけられている呪は淡く、弱い。だが精巧な偽札と組み合わせれば、充分な効果を発揮する。

御堂から深いため息がこぼれた。

「その偽札は今、帝都近郊で流通しているものと同一だと調査班も言っていた。そうか、人に非《あら》ざる者が後ろに居るのなら、人だけではしっぽを掴《つか》めないのも当然か」

「まだ、妖怪《ようかい》が関わっているとは断定できないがな。犯人の目星は付いているのか」

「過激な活動家が資金源にしているみたいだ。特に名前として挙がっているのは、元陸軍大尉の西山栄太郎《にしやまえいたろう》だよ。活動内容としては先の戦争で全く戦利を得られないまま終戦したのを不服として、再び開戦を要求するってところかな」

「そうか……」

皮肉げに語る御堂の表情に一瞬黒い感情が覗《のぞ》き、しかしすぐに立ち消えたのを、銀市は見ないふりをしてやった。

先の戦争には御堂達、特異事案対策部隊も、後方支援という名目でかり出されていた。

銀市も、その凄惨さの一端は把握している。

あの戦争は開戦中に報道されていた通りの快進撃による快勝などではなく、ぎりぎりの勝利だった。だが問題は、その実態を知るはずの軍部内にも、講和を不服と考える者達が居ることだった。

御堂は平静を保とうとするように淡々と語る。

「西山は先の戦争で激戦地に送られたけれど、先陣を切って戦地を駆けて英雄視された人物だ。当時、同じ戦地に配属されていた者を中心に信望が厚い」

「人は、超人的な逸話を持つ者に、強く惹《ひ》かれるからな。ましてや、本人が居る。熱病にかかったように心を奪われるのも無理はない」

「実際西山の一言で、かなりの人数が呼応して軍部を辞めて、組織立って動いているよ」

「糸を引く者達の目的は、西山を旗頭に世論を動かし再び開戦をもくろむ、あたりか」

「おそらくね。悪いことに軍部にいる一部の過激派も密《ひそ》かに擁護しているせいで、足取りが摑めない。どうせ、見逃すだけでうまくいかなかったらしっぽを切る気なのにさ」

吐き捨てるように言った御堂は、気を落ち着かせるために呼吸を繰り返すと、続けた。

「この偽札事件が唯一の、西山につながる手がかりなんだ。軍部内にすら不満があると明らかになれば、報道関係は面白おかしくかき立て、また世論が乱れる。是が非でも闇に葬らなければならないんだ」

「そうだな」

たとえ薄氷の上で成り立つ安寧でも、守らなければならない。

御堂に同意した銀市が思い出すのは、未《いま》だ幼い姿のままでいる珠《たま》だった。座敷童での一件以降、彼女は今までからしてみれば驚くほどに、表情を変えるようになった。

子供達と遊んでいたときの、思わずこぼれてしまったとでも言うような、ささやかだがはつらつとした笑みが、おそらく珠本来の表情なのだろう。

珠の過去を知る貴姫《きひめ》も、珠自身も、現在の体はまだ社に入る前の姿だと語っていた。

そう、贄《にえ》の子として抑圧される前の。

確かに珠は十六歳の意識と記憶を保っているが、体に引きずられて想いや感情が素直に表に出せるようになっていたのだ。

灯佳《とうか》は人心の機微を敏感に悟り、根底にある望みを見つけ出す。素直に相手を思いやるために使わないのは、灯佳という妖怪の性質を表している。が、神使として重用されているのは、そういった部分があるからなのだろう。

今回は特に、珠も理解していなかった抑圧された望みを、通常ではあり得ない方法で昇華させているのだから、正しく神に近しい者の礼の表し方だ。

遠慮は抜けないが、狂骨《きょうこつ》に甘える珠を見るたびに、銀市もつい頬が緩む。

まだ受け入れられる経験が足りないのなら、いくらでも甘やかしてやろう。

幼い姿で居るくらい、なんら問題ない。

彼女はようやく、望みを語れる環境に辿《たど》り着いたのだ。それがこの銀古なのは、喜ばしい。珠の心が満たされるまで、甘えてくれれば良い。

もう二度と、闇深い業に振り回されない場所で、健やかに過ごせば良いのだ。

ましてや今は子供である珠が、このような出来事を知る必要はない。

「この程度の術なら人でも使えるだろう。もぐりの術者も気を付けろ。それから……」

銀市が御堂と算段を調整した後、御堂はさらに声を潜める。

「ありがとう、それで、なんだけどね」

他の妖怪に聞かれたくない話だと察した銀市だが、御堂が指で眼鏡の真ん中を押し上げるのに気づく。その仕草は、御堂が言いづらいことを語る際の癖だ。

「問題ない、話せ」

意外に感じつつ、銀市が促すと、御堂は苦渋をにじませながら切り出してきた。

「これとは別件で、なんだけど。今吉原《よしわら》で『朧太夫《おぼろだゆう》』が祟《たた》るって噂《うわさ》が流行《はや》っているんだ」

思ってもみなかった単語に、さすがの銀市も眉《まゆ》を寄せるしかなかった。

「もう覚えている者も生きていないだろうに、人の噂は不思議なものだな」

「いいや、実際に被害が出ているんだよ」

苦笑をしていた銀市は、体の芯に感じた重さをゆっくりと抑え込んだ。

御堂が言いづらそうにするわけだ、と理解する。

「かつての無念が捨てきれずに、夜な夜な現れては不義理な客を襲うんだそうだ。昔は花魁《おいらん》道中で迎えに来て、指を折って舌を抜いたけど、今は出会い頭に襲いかかるらしいね」

「死人は」

「まだ出ていない。でも被害者は増え続けているよ。実際指を折られた者も居る」

言い切った御堂は案じながらも、硬質さを帯びた複雑な表情をしている。

「なあ、朧太夫は、かつての狂骨さんだろう？　彼女はどうしている？」

「……今日は居ないな。最近、彼女が勤めを果たしにゆく頻度は多かったが」

それが理由にはならないと、銀市はよくよく知っている。

朧太夫の名で、噂が立っていることが問題なのだ。

名は時に呪《しゅ》となり呪《のろ》いとなる。根も葉もない噂だろうと、名を通じて影響されるのだ。

だからこそ銀市は、彼女が朧の名に縛られぬよう、「狂骨」と名乗らせたというのに。

銀市は消化しきれぬ想いに、眉間《みけん》の皺《しわ》が深くなるのを感じた。こういった事態がありうると重々理解して、今の立場でいることを決めた。それでも、こぼしてしまう。

「やっと、落ち着いたというのに、今更誰が蒸し返すのだ」

「わからない。……すまない。人に非ざる者が関わっている中でも、僕達は西山の一件を優先しなければならない。片付くまで、朧太夫の件はおざなりになる」

語りつつも、御堂は鞄から取り出した書き付けを銀市に滑らせてきた。

「これが調査できた限りの、朧太夫の出現した日時だ。参考になればと思って」

「問題ない。残りはこちらで調べよう」

受け取った銀市は、ざっと目を通す。合間の調査にしては、出現時の証言から被害まで詳細にまとめられている。足がかりとしては充分なほどだ。

「なあ、銀市。まだ全貌《ぜんぼう》はわかっていないけれど。彼女が本当にまた怨念をまき散らしているのなら、僕達は狩るよ」

厳然とした宣言は、彼の職務上の責任から来たものと取るのが自然だ。

御堂智宏《ともひろ》という軍人は、表面上どれだけ気さくな態度を取ろうと、課された職務は十全以上の成果を挙げ、任務を阻む障害は冷徹に切り捨てる。

しかし、御堂という青年を知っている銀市は、彼が自分の心を案じ、職務に反しない方向で配慮をしてくれたのだとも理解していた。

だからこそ、銀市は友と呼ぶようになった彼の心遣いをやさしく拒絶する。

「いいや、これはお前が部隊に……いや、部隊ができあがる前のことだ。俺が二度はない、と誓わせた。万一の時は俺が引導を渡すさ」

「あなたが、そう言うのなら……良《い》いんだけど」

不承不承とわかる声音で引き下がるのが、彼なりの甘え方であるのは知っていた。

この男も甘え下手だったと思い出した銀市は、表情を緩めて見せた。

「ひとまずは、調査だ。だが、吉原か……お前の案内が受けられないとなると、少々遠回りになりそうだな」

とたん御堂の顔が朱に染まり、狼狽《うろた》え出す。

「なに言ってるんだい銀市!? 僕もうそんなに吉原に出入りしてないよ!」

「そうだったか。出会った頃のお前の印象にどうも引っ張られるな」

「お願いだからそろそろ記憶の底に沈めてくれないかな……」

苦笑いしつつ謝罪すると、御堂はさらに気まずそうに顔を逸《そ》らした。

そこには先ほどまでの硬さはない。

銀市は友を労《ねぎら》いながらも、湧き上がる懸念を押し殺す。

今回の珠の影響で、狂骨もようやく最後のしこりが解けてきたのだ。

あと少し、あと少しだ。できるならこのまま、何事もなく杞憂《きゆう》に終わって欲しい。

しかし、それが願望でしかないことを、銀市は諦観《ていかん》と共に理解していた。

*

宵闇に沈む仲之町《なかのちょう》には、煌々《こうこう》と明かりを点《とも》す行灯《あんどん》がずらり並んでいる。道の脇には町人や武士、大店《おおだな》の若旦那《わかだんな》、供連れなどの客が、それぞれの目的を持って行き交っていた。

けれど今は、足を止めてこちらへ視線を投げかける者が多い。

[redacted]はぐっと腰を落とし、足を投げ出した。

豪奢《ごうしゃ》な仕掛けから覗く素足には、重い三枚歯の下駄《げた》を履いている。外に八文字を描くように歩くのは、そうでもしなければ歩けないからだ。足を投げたとたん素足があらわになり、見物客からはほう、と感嘆のため息がこぼれるのが聞こえた。前を歩く禿《かむろ》も、自分に傘を差し掛けている男も、己が支えとしている肩貸しの男も、[redacted]のゆっくりとした歩みに合わせて歩を進めた。

ああ重い。履いた下駄も、何重にも着込んでいる着物も、前に結んだ金糸や銀糸でたっぷりと刺繍《ししゅう》がされた帯も。島田《しまだ》に結った髪に挿したいくつもの櫛《くし》や簪《かんざし》も。

だが、そんなこと意地でも顔に出すものか。と、帯の裏で引きずりそうな着物の褄《つま》をとっている指に力を込めた。[redacted]はこの不夜城で咲く極上の華だ。

ここで幸せになると決めた。泥にまみれ、踏みにじられても、己の誇りは忘れない。

かすかな笑みで顔を彩り、再び、着物の裾《すそ》から、下駄を突き出す。

しゃなりと、びら簪が揺れて、涼やかな音を立てた。

『あれが、霞《かすみ》の中でも燦然《さんぜん》と輝く月のような美しさだと評判の花魁か』

『花朝楼《かちょうろう》は彼女を突き出したおかげで、中見世から大見世になろうっていう、今一番勢いのある妓楼《ぎろう》だ。経営は乱暴らしいが、彼女の美しさには一見の価値があるなあ』

それに、[redacted]は幸運だ。なぜならこの苦界に居て本気になれる人に出会えたのだから。

待合の辻《つじ》近くにある茶屋が見えてくれば、自然と頬が笑みに緩む。

相手もまた気づいたらしい。髪に挿してきた簪は、あなたにもらったものだと気づいてくれるだろうか。

花魁と客の惚《ほ》れた腫《は》れたなど、ただの一夜の夢。霞のように不確かなものだ。けれど、[redacted]は想いを返してくれる人に出会った。あの人の側に居れば幸せだ。

ああ、彼も同じ気持ちなのだ。

彼がこちらに気づいて立ち上がるなり、嬉《うれ》しそうに笑う。

『やあ、—。会いたかったよ』

[redacted]は衣の重さすら忘れて、うっとりと笑った。

＊

ぱちりと目を開けた珠は、蟬《せみ》の鳴き声を聞きながら、布団から身を起こした。

首筋を汗が伝う。

夏らしく、すでに日は昇っている。窓は開け放たれているが、珠の周りには、透けて見えるほど薄く織られた布……蚊帳《かや》を吊《つ》っているから悩まされず安眠できた。

それよりも、先ほどまであれほど鮮やかだったのに、まるで霞のようにほろほろと記憶からこぼれ落ちていく。

ただ、これだけはわかる。

「また、見ました」

首をかしげつつ。ともかく朝の仕度だ、と珠は起き上がった。


珠は体が子供になってから、奇妙な夢を見るようになっていた。

起きたとたん曖昧《あいまい》になってしまうが、何かを見たという感覚だけはある。

夢の中で珠はとある女性になっている。顔も名前もおぼろげだが、ある日は、血のにじむような努力を重ね琴や三味線、舞の稽古《けいこ》をしていた。またある日は、無礼を働き恥をかかせようとする客を見事な話術で袖《そで》にしていた。

そして、今日の夢では、重い着物をものともせず、賞賛と嫉妬《しっと》の視線を一心に浴びながら、客の元へと歩いていたのだ。


着物の裾を帯に挟んで、縁側の拭《ふ》き掃除をしていた珠は、ぞうきんを滑らせる手を止めて、自分の胸に手を当ててみる。

情景はもう靄《もや》がかかってしまって思い出せないが、彼女が抱いていた感情は鮮明だった。

珠のものではないのに、胸が熱くて甘く痺《しび》れるような。

珠の鈍く乏しい心でも当てはめるなら。

幸せが人によって千差万別なことは、珠もすでに理解していた。心がふわりと昂揚《こうよう》して、鼓動が少しだけ速くなって。いつまでも感じていたくなる。だから珠は、銀古にいて、銀市の役に立つことが幸福だと思ったのだ。

ただ、夢の中の彼女が抱いた気持ちもまた幸福だったが、珠の感じているものとは同じようでいてなにか違う気がした。

夢の中のことなのに、その違いがほんの少しだけ気になっている、ような、気がする。

「いけません。きちんとお仕事をしませんと」

ただでさえ、今の珠は以前よりできる仕事の量が減っている。妖怪達《ようかい》に頼ることで滞りなく進められているが、だからこそ、自分の仕事はしっかりとこなしたかった。

水を汲《く》み直そうと桶《おけ》を持って庭の井戸へ取って返すと、冷気を感じた。

予感がして珠が庭を見れば、井戸の縁に座っていたのは、鮮やかな緋襦袢《ひじゅばん》姿の美しい女だ。だが、なぜか珠には、彼女の姿が夏の日差しに溶け込んでしまいそうに儚《はかな》く思えた。

「きょうこつさんっ！」

珠が呼びかけると、彼女の輪郭がくっきりと浮かび上がる。まるで初めて自分の居る場所に気づいたようにぱちぱちと瞬《まばた》いた狂骨は、珠を振り返ると笑顔になった。

『おやあ珠ちゃん。精が出るね！　どうしたの？』

「あの、その、おかえりなさい」

『うん、ただいまだよ』

照れくさそうに答える狂骨はいつも通りで、珠は感じていた不安が少しほどける。

狂骨が姿を消すのは珍しいことではなかった。

庭とその井戸を定位置としている彼女ではあったが、居ないことも多い。

ただ今回は出かける挨拶《あいさつ》がなく、唐突だったように思えた。

きゅう、と胸のあたりが痛んだ気がする。珠が自分の襟元を摑《つか》むと、すぐさま近づいてきた狂骨に覗《のぞ》き込まれた。

『どうしたの？　珠ちゃん言ってみなさい』

「あの、ですね。きょうこつさんがいなくて、銀市さんがしんぱいしていたんです。……それから、わたしも」

素直な気持ちを口にすると、狂骨に頭を撫《な》でられた。

『それは悪かったね。ならそのぶんだけ、めいっぱい甘やかしてやろうね。それにしてもヌシ様にまで心配されてるなんて、まいったね……』

顔を赤らめた珠がされるがままになっていると、縁側の向こうから銀市が現れた。

「狂骨、帰ったのか」

『あい、心配をかけんした』

狂骨は一旦《いったん》珠の頭から手を離すと、腰を深く落としてお辞儀をする。

袖に手を入れていた銀市は、わずかに眉《まゆ》を顰《ひそ》めたが一瞬のことで、いつも通りの表情で問いかける。

「昨日は、また呼ばれていたのか」

『ええまあ、そうだと思うのだけど……？』

狂骨は銀市にそう答えながらも、釈然とせずしきりに首をかしげている。

『どこに、行ってたのかね。なんだかぼやーっとしててよく思い出せないわ。どっかで酒をごちそうになったのか。まあ幽霊になっても酒が楽しめるのはいいものね』

「……そうか」

あっけらかんとしている狂骨に、銀市は少々思案顔だ。

珠はふと、銀市の表情に硬質なものを感じる。心配にも似ている気がするが、かすかな違和があり、珠は銀市を見上げる。何か気になることがあるのか。

問いが口をつきかけたが、その前に狂骨の明るい声が響いた。

『ああそうだ、珠ちゃんっ。縁日なんて行ってみない？　ちょうど歩いていける場所にあるのだけど、確か今日なのよ』

「えんにち、ですか。見かけたていどで、よくはしらないのです」

縁日とは、神社仏閣で祭神や本尊に縁のある特定の日のことだ。主に、祭典や供養が行われる。庶民にとっては参拝客を当て込んで参道に立ち並ぶ、屋台や露店を楽しみに出かけてゆく日である。

もちろん珠も縁日は知っていた。だが、人で賑《にぎ》わう場所には必ず人に非《あら》ざる者も多く集まるので、無意識のうちに避けていた。

村でも縁日がないわけではなかったが、珠は重い衣を身に纏《まと》い、社の格子越しに祈りを捧《ささ》げる参拝者の顔が並ぶさまを眺めていたことしか覚えていなかった。

なぜかいたたまれなさを感じ、珠は桶の取っ手を握る手に力を込める。

狂骨は珠の様子になにかを察したようにしながらも、声を弾ませて続けた。

『桶に泳ぐ金魚を売る金魚売り、小さな鍋《なべ》でぷうと膨らむカルメ焼き、見ている間に動物を作り上げるしん粉細工売りもあるよ。大道芸も忘れちゃいけないね。居合い抜きに曲芸に手妻も楽しいわ。そんな店がいくつも並ぶ中を、沢山の客が行き交うのよ。それだけでもわくわくするのに、三味線や笛の音や太鼓のお囃子《はやし》も賑々《にぎにぎ》しい空気はそりゃあ良《い》いものよ』

「そういう、もの、なのですか」

まくし立てられた珠はのけぞったが、そわそわと落ち着かず視線をさまよわせる。

すると、狂骨がにんまりと笑った。

『じゃあ決まりね。ヌシ様、連れてってやってよ』

「えっ」

唐突な提案に、珠は焦りを帯びたが、銀市まで納得している。

「そうだな、君の藪入《やぶい》りがあってないようなものになったんだ。君が乗り気なら行ってみようじゃないか」

「いえあの、その」

『二人で、楽しんできなよ』

珠が狼狽えているのに、狂骨は心底嬉しげだ。しかし銀市はそんな狂骨に告げた。

「狂骨、お前も来るんだぞ」

『えっ。あたしがかい⁉』

狂骨と同じくらい珠も驚くが、銀市は意に介さず続けた。

「言い出したのはお前じゃないか。ならば来るのは当然だろう？　珠も来て欲しそうにしているぞ」

銀市に指摘されて、珠はそれほど顔に出ていたかと頬に手を当てた。だが、縁日の話を聞いたとき、真っ先に思い浮かんだのは狂骨と共に歩く光景だ。

とっても楽しいだろうと、想像してしまう。

珠が手を当てたまま神妙にしているのに、狂骨が思わず噴き出しながらも苦笑する。

『行ってあげたいのは山々なんだけどねえ。あたしは普通の人には見えないから、珠ちゃんがかわいそうなことになるだろう？』

「短時間なら、なんとかなる」

言外に辞退する狂骨だったが、銀市が額に手をかざすと、彼女の姿が一瞬揺らいだ。

珠がわかった変化はそれだけだったが、狂骨には劇的だったらしい。

自分の手を呆然《ぼうぜん》と見つめた後、銀市を見上げる。

「ヌシ様、こんな……」

「たまにはいいだろう？　……俺の力を分け与えて、一時的に狂骨が人に見えるようにした。灯佳殿ならもう少し、姿自体に違和を持たせないようにできるんだが」

後半は珠に対する説明で、珠は以前、銀市がすねこすりを見えるようにしたのを思い出す。それと同じなのだろう。

狂骨は元々人だ。見えるのなら、一緒に歩けるのではないか。

「きょうこつさんも、いっしょにきてくださるのですかっ」

こぼれた声は、自分でもびっくりするほど弾んでいた。

珠はとっさに口を塞《ふさ》いだが、出た言葉は戻ってこない。

けれど、狂骨と出かけられたらと考え始めたとたん、心がわくわくしているのだ。

「ごめんなさい。でも、あの、その……ふぁう」

どう語れば良いのかとしどろもどろになっていると、狂骨にわしゃわしゃと髪をかき混ぜられた。

「ちょっと、珠ちゃんの着物を借りて良いかい？　さすがにこの格好だったら別の意味で目立っちまうからね」

「は、はいっ……あっごめんなさい。ふきそうじをおわらせてからでもよいでしょうか」

「珠ちゃんはいつでも勤勉だね。もちろんだよ」

自分の仕事を思い出した珠は、申し訳なく思いながらも仕事を再開する。

だが、緩む頬を抑えることはできなかったのだ。

＊

日差しが緩んだ午後の雑踏から、祭り囃子の音が響いてきた。

太鼓の軽快な響きに、摺鉦《すりがね》の甲高い音と、笛の伸びやかな音が混ざり珠の心を沸き立たせる。珠は今、狂骨が丈を詰めてくれた、雪の輪模様の浴衣を身に纏っていた。素足に履いた赤い鼻緒の下駄《げた》で歩くたび、桃色の兵児帯《へこおび》の蝶々《ちょうちょう》結びがひらひらと揺れる。

もちろん巾着《きんちゃく》には貴姫の櫛《くし》も入っており、巾着の口から顔を覗かせた貴姫がきらきらと目を輝かせて見回している。

「ああ、見えたよ、珠ちゃん」

狂骨の声に珠の視界に広がったのは、びっくりするほどごったがえす道だった。

参道、なのだろう。しかし今は老若男女が楽しげに行き交っている。みな夏らしい薄物などの軽装で、近所の人間らしい浴衣姿の者もいた。

珠が手を引かれるまま参道に飛び込めば、両端に軒を連ねているのは様々な露店や屋台だ。煙と共に食べ物の香ばしい匂いが漂い、遊戯に興じる人の歓声も聞こえる。

学生帽を被《かぶ》り、シャツにサスペンダー姿の学生が射的に躍起になっていた。その横では、まだ小学生ほどの子供が次々当てている。

また別の場所では、鉢に植えられた朝顔を売る露店があり、涼しげな薄物を着た娘が鮮やかな花弁を広げる朝顔を吟味していた。

じゅうじゅうと何かが焼ける音がそこかしこから響き、傍らにもうけられた縁台で食べる者、団扇《うちわ》を片手に涼む者もいた。

さらには夏の風物詩である氷水や麦湯、狂骨が語っていた大道芸なども見て取れて、それ以外にも珠の知らないものが見きれないほど並んでいた。

人が集まる場所には自然と集まる。妖怪が紛れていたり、隅には魍魎《もうりょう》に似た暗くよどんだ靄《もや》のようなものも凝《こご》っていたりする。

しかしそれらも、貴姫や銀市が居るおかげか近づいてこない。

珠の心が一層落ち着かない気分になり、つないでいる片手に力を込める。

そうしないと、銀市や狂骨を忘れて雑踏の中へ走って行ってしまいそうだった。

なんとか落ち着こうとするが、雑踏の合間から見える露店から目が離せない。

頭の上からくすくすと笑みがこぼされて、珠は自分の手の先にいる狂骨を見上げた。

「なぁに。珠ちゃんもわくわくしてるの？」

そんな風に言う狂骨は、髪を丸髷《まるまげ》に結い直していた。細い縞《しま》にも見える柳が染め付けられた絽《ろ》の着物に、紺地に蛍の飛ぶ帯をお太鼓に締めている。珠の着物の中から選んだ物だ。白い足に駒下駄《こまげた》を履き、白い半襟を慎《つつ》ましく覗かせた姿は、普段の彼女の婀娜《あだ》っぽさが鳴りを潜め、真昼の景色によくなじんでいた。

道行く人々は、彼女がすでに生きていないことなど全く気づかない。

珠と手をつないで歩いているのを見て、微笑《ほほえ》ましそうな表情をするだけだ。

これもすべて銀市の術のおかげだ。

珠は一歩後ろを歩く銀市を、密かに振り返る。

今日の彼も軽装だ。三日月形の葉が連なるような、露芝《つゆしば》模様が染め抜かれた青碧色《せいへきいろ》の着物に、下駄を引っかけている。歩を進めるたびに、翻った裾《すそ》が透けて涼しげだった。

珠の視線に気づいた銀市が、どこか明るい表情で言った。

「まず本尊に挨拶《あいさつ》をしてからだが、行きたいところに目星を付けておくと良い」

「いえ、でも、見ているだけで……」

『珠よ、あやつ、扇子の要《かなめ》に積み木をいくつも積み上げておるぞ！　見に行こう！』

遠慮しかけた珠だったが、興奮した様子の貴姫にぱしぱしと胸を叩《たた》かれて、そちらに目を向けてしまう。

それを見た狂骨が、楽しげに笑って手を引いてくれた。

「だって今日は珠ちゃんが楽しむ日だもの。好きなことして良いんだよ」

「今日は君への慰労だ。金銭に関しては気にしなくて良い……」

銀市がそう言いかけると、すぐさま狂骨がとがめる。

「ヌシ様、そんなことしたら珠ちゃんが萎縮《いしゅく》するじゃない」

「む、そうか」

「甘やかすって言ったって、本人が受け取れなきゃ意味ないのよ。ヌシ様、あの屋台で一つ遊ぶのに、今はいくらかかるの？」

「そうだな大体……」

まさに縮み上がっていた珠は、狂骨が止めてくれてほっと息を吐いた。銀市と狂骨が話し合った後、珠の手に小銭が落とされる。

「はい、今日の珠ちゃんのお小遣いだよ。この範囲で好きなもん買って遊びなさい。まずは形から入ってみようね」

「かたちから」

「そう。あたしもねえ、子供が欲しかったから」

ぱちり、と珠は瞬《まばた》いた。視線の先で、狂骨は慈しみの中にも寂寥《せきりょう》を宿していた。

まただ。珠が幼くなってから、彼女はよくそのような表情をする。

溢《あふ》れそうになるものを抑え込むような、気丈に振る舞うような。

「愛して、慈しんでやりたかったんだけど、できなくてねえ……」

「きょうこつさん……？」

珠が呼びかけると、狂骨はすぐその色を消して、照れくさそうにはにかんだ。

「だからね、あたしもこういうこと、してみたかったんだよ。付き合ってくれないかい？」

珠は、硬貨が落とされた手をきゅうと握る。

手にある数枚の小銭は、よくよく吟味して遊ばなければ、あっという間に使い切ってしまう額だ。あえて制限をもうけることで、素直に受け取れるようにしたのだろう。そして、狂骨は「自分からのお願い」とすることで、珠が頷《うなず》きやすいようにしてくれた。

銀市はなにも言わずに気遣ってくれて、狂骨はこうして珠が困らないように細やかに誘導してくれる。

どちらも申し訳なくて、嬉《うれ》しくて、珠の胸はいっぱいになる。

子供がそういう風にお小遣いをもらうもの、という知識はあった。

駄菓子屋の前で、子供達が親からもらったお小遣いでなにを買うか吟味している姿を見たこともある。それと同じことを、珠はしてもらっている。

落としてくれた小銭が、とても大切に感じられた。

「きょう、わたしは、きょうこつさんのこどもですか」

そんな風に、表して良いのだろうか。

珠の不安を吹き飛ばすように狂骨は明るく笑った。

「良《い》いねえ！　じゃああたしがおっかさんで……そういや川獺《かわうそ》さんはしきりにじいちゃんと呼ばせたがってたねえ？　ヌシ様んところに来る客も多いし、瑠璃子《るりこ》はお姉ちゃんってところかね。御堂の坊やは親戚で、ずいぶんいっぱい身内が居て賑《にぎ》やかじゃないか」

「血はつながっていませんが……」

「血がつながってなくったって、想い合えれば誰だって家族になれるものよ。そもそも夫婦は赤の他人から始まるでしょう？　櫛の子は珠ちゃんにとって、大事な家族なんじゃないの？」

指摘された珠は、今日も首から下げている巾着《きんちゃく》を握った。頬を染めた貴姫がこちらへ手を振ってくれる。そうなのか。赤の他人だったとしても、家族には、なっていいのか。

とくり、珠の胸が震える。

銀市が狂骨と珠の間から、のそりと覗《のぞ》き込む。

「おや意外だね。ヌシ様も加わりたいのかい？　だけど駄目だよ。珠ちゃんの親はあたし一人で充分だから」

「なんだ、俺は仲間外れか」

「それは仕方がないな。残念だが俺は財布に徹しておこうか」

「さすがヌシ様、わかってるじゃない。イイ男は黙って貢ぐものよ」

銀市にぱちりと片目をつぶって見せた狂骨は、期待に満ちた表情で、巾着から顔を覗かせる貴姫を見る。

「ただ櫛の子は、お姉ちゃんというには……ううんちょっと違うかねえ」

『なんじゃと。珠を守るのは妾《わらわ》の役目じゃ！　姉の役割もこなしてみせようぞ！』

からかうような狂骨の言葉に、貴姫が対抗する。そのやりとりに珠は自然と頬がほころんでしまう。

珠がふとあたりを見回すと、子供が母親らしき女と手をつないで歩いている。そういえば、親子の姿を見た後に、つきりと胸が痛むことがあった。けれど、今は感じない。

それよりもこの手の中の小銭をどうするか、考えることで頭がいっぱいだ。

なにが良いだろうか、巾着へと小銭をしまった珠は、きょろきょろと露店を見回す。

沢山の雑踏に紛れて、珠の目線では行き交う人々の間からしか見えなかった。

それでも充分、楽しい気持ちは伝わってくる。珠の気持ちもうきうきとする。

「珠、おいで」

呼ばれて振り返ると、珠の体がふわりと浮き、一気に視界が広がった。

銀市に抱き上げられたのだ。そうして、腕に座らされる。とっさに均衡を保とうと肩に手を置くと、びっくりするほど大きかった。

なんの苦もなく支える銀市が珠を見る。彼の秀麗な顔がとても近い。

珠の胸が、とくん、と跳ねた。

「見えるか？」

「は、はい。銀市さんは、おもく、ないですか」

「大したことじゃない。気になるものがあれば言ってくれ」

頷くと、銀市はかすかに目元を笑ませて前を向く。

珠はきゅう、とつま先に力を込める。それは、指から転げ落ちそうになる下駄を支えるためだったが、持て余すようなこの気持ちを紛らわすためでもあった。

なんだか、おかしい。胸が勝手に騒いで、ふわふわする。

銀市は珠が露店を見やすいようにしてくれているのに、抱き上げられていることばかりが気になってしまう。やはり、普段よりもずっと距離が近いせいだろうか。

そうだ、これは気恥ずかしいのだ。と珠は腑《ふ》に落ちた。

何せ男性とみだりに触れ合うのは、はしたないと戒められるご時世なのだから。

今、珠は子供なのだから、おかしくはないだろうけれど。

『おお、珠よ！　よくよく見えるぞ！』

貴姫のはしゃぐ声で、意識を引き戻された。そうだ、おかしくはない。

納得すると、とくとくと跳ねていた心臓が落ち着くのを感じた。

ならこの親切を無下にしないためにも、ちゃんと周りを見なければ。

考えた珠は大きく周囲を見渡して、ぽかんとした。

黒山の人だかりだ。珠が見ていた雑踏とは全く違う。

広い。そして高い。なにより遠くまでよく見えるのだ。

「すごいです……。銀市さんは、こんなけしきをまいにち見ているのですね」

感嘆をにじませながら珠がこぼすと、銀市がおかしそうに笑う。

「気に入ってくれたなら、なによりだ」

「こんなにたくさん見えるから、銀市さんは、たくさんこまっているひとを見つけて、たすけてさしあげられるのでしょうか」

銀市の瞳《ひとみ》には、きっと見上げるばかりの珠にはわからないものが見えているのだろう。

珠は尊敬の気持ちも込めて語ったのだが、銀市の眼差《まなざ》しが曇った気がした。

「見つけて、助けてやれたら、どれだけ良いだろうな」

「え」

珠は銀市を見たが、曇りは幻のように霧散し、いつもの穏やかさを湛《たた》えた表情になる。

戸惑いながらも、珠は銀市と同じ高さで、もう一度見渡した。

珠は、何かを自分で決めるのが得意ではない。

誰かに願われて、あるいは誰かに決められて動いてきたから、途方に暮れてしまうのだ。

こんな沢山の選択肢から選ぶなんて、怖《お》じ気《け》づいてしまうはずなのに、今はなんだかとてもわくわくとしている。

なにが良いだろう。なるべくいろいろなものを遊んでみようか。それとも銀市達と分け合える食べ物が良いだろうか。決められないことが楽しいだなんて、不思議だ。

だが銀市達を待たせたくもなかった珠は、じっくりと見渡して。振り返る。

水の音がした気がした。この雑踏に紛れてしまうくらいささやかで、澄みきった涼やかな音だ。

どこから聞こえるのか、と見渡して見つけた。

「あの、銀市さん、あちらにいきたいです」

応じてくれた銀市が、悠々と人をかき分けて進んで行くごとに音は鮮明になる。

そこは風鈴売りだった。日よけ屋根の付いた屋台の下には、複数の横木が渡され大小形も様々な風鈴がつり下げられている。風が吹くたびに澄んだ音色を奏でた。

後ろには大勢の人が行き交っているのに、この一画だけ静かにすら感じられる。丸みを帯びた表面に様々な柄が鮮やかに描かれ、透明な硝子《ガラス》が日差しを通して煌《きら》めいていた。

一度下ろしてもらって、珠はそのずらりと並ぶ風鈴の数々に聴き入り。

自然と、言葉がこぼれた。

「これが、いいです」

銀市と狂骨が驚きを浮かべて珠を見る。

だが珠は硝子や陶器の風鈴に気を取られていた。今回のお小遣いで足りるだろうか。いいや、足りなければ自分のお金から出そう。

「なんでこれが良いって思ったの？」

珠が巾着から小銭を取り出して数えていると、しゃがみ込んで視線を合わせる狂骨から問いかけられた。

なぜ、これが良いか。

「あの、みなさんでたべられるものとか、いわれた通りなるべくたくさん、おまつりを楽しむのもいいかな、と思ったのです。でも、でも……もってかえりたいと思って」

「持って、帰る」

不思議そうに繰り返す銀市に、珠は雑踏を振り返る。風鈴の音と共に賑やかな雑踏や、呼び込みの声、それを彩る祭り囃子《ばやし》の音がとても得がたいもののように思えたのだ。

「はい。おまつりの、たのしいきもちを。このふうりんがあったら、音がなるたびにきょうのことを思いだして、たのしいきもちになれると思うんです」

そうしたら、きっと珠は幸せだろう。

だが、この名案の一番の問題に思い至り、珠は眉尻《まゆじり》を下げた。

「あの、銀市さん、わたしのへやにかざるとはいえ、おとがひびいてしまうかもしれませんし……。だいじょうぶでしょうか？」

珠がおずおずと見上げると、頭に銀市の大きな手が下りてきた。

柔らかくやさしく撫《な》でられる感触に、珠の顔は勝手に赤らむ。

「もちろんだ。ただ、君の部屋では日中戻ることも少ないだろう。居間に面した縁側に吊《つる》すのはどうだ」

「そうだねえ、そこならあたしも聴けるもの。そうしてくれると嬉しいよ」

狂骨にまで柔らかい表情で願われて、また珠の心が満たされる。

珠が選んだのは、青みを帯びた硝子に、蛍が黄色い光を湛えながら飛ぶものだった。

本当は、珠のお小遣いでは足りなかったのだが、話を聞いていた風鈴屋の主人が、目尻に涙をにじませながら、それで充分だと言ってくれた。

「全部硬貨だしありがたいよ。最近は偽札が出回っているって話もあるからね」

「にせさつ？」

「いやいや、お嬢ちゃんに言うことじゃなかったね。さあ、大事にするんだよ」

珠が不思議に思って見上げたが、店の主人はそう濁して、風鈴を渡してくれた。

そして、今は割れないように、巾着の中に入っている。

『妾がとっくりと、この風鈴に良い音で鳴るように言い聞かせるからの。安心せい』

貴姫がそんな風に語って引っ込んだのにくすりとする。

さすがに歩き回って疲れたため縁台で休むと、銀市が氷水を買ってくれた。

「暑かっただろう？　ちゃんと水分を取っておくと良い」

そう言われてしまえば、受け取らないわけにはいかない。

珠は銀市達と氷水を食べる。器にかんなで削った氷を盛り、れもん味だという黄色い蜜液がかかったものだ。

冷たくて、甘くて、幸せの味というのはこんな味かもしれないと思った。

「こんなにいいことがあって、なにかとんでもないしっぱいをしてしまったり、しないでしょうか」

あんまりにも穏やかで、何事もなくて、後で何か悪いことが起きてしまうのではないか。

そんな言いしれぬ不安がひたひたと忍び寄ってくる。

けれど不安を吹き飛ばすように、狂骨が笑った。

「そんなこと、考えなくったっていいんだよ。珠ちゃんは今、なにが嬉《うれ》しかった？」

「こおりみず、が、おいしいです」

「うんうん、それでいいのさ。先のこと考えて楽しい今を忘れちゃうのは損だからね」

さすがに、食べられはしないのか、狂骨は珠が食べるのを見ているだけだ。その眼差しは満たされていた。

しかし、狂骨は不意に顔を上げる。

不思議に思った珠だったが、銀市もまた狂骨と同じ方向を見ている。

参道の喧騒《けんそう》から外れた場所だった。

鬱蒼《うっそう》と生い茂る木々に紛れるように、女が一人。ひっそりとたたずんでいる。

なぜそのような所に居るのか。珠が首をかしげていると、狂骨が立ち上がってその女に向けて歩いて行ったのだ。

反射的に立ち上がろうとした珠だったが、銀市に引き留められた。

「だめだ、アレは生きていない。狂骨に任せておけ」

それで、ようやくあの女が幽霊なのだと気づいて息を呑《の》むと、狂骨が明るい調子で女に話しかけていた。

「やあ、そんなじめっとしたところでどうしたんだい。美人な顔が台無し……ってまあ一本取られたねえ」

珠は、女の顔が、もう元がわからないほど溶け崩れてしまっているのが見えた。

それでも狂骨は臆せず、朗らかに女と語り始める。

「あれが、狂骨の役目だ。幽鬼の抱えた無念に寄り添い、解きほぐして、あるべき場所へゆけるようにしているのだよ」

「なにを、されているのですか」

「それは、ときおりきょうこつさんが出かけられるりゆう、ですか」

銀市は珠の問いに頷《うなず》く。再び珠が見ると、狂骨が幽霊の肩に手を置くところだった。

あっと声を出すのを珠が堪《こら》えた。

幽霊の溶け崩れていた顔が、生前の姿なのだろう清楚《せいそ》な女の顔になっていく。逆に、狂骨の姿がわずかにぶれた。案じるように幽霊が支えようとするのを、狂骨は少しふらつきながらも手で制し、微笑《ほほえ》みかける。

「大丈夫さぁ。ね、ちょっとだけ手放して楽になったでしょう。ほんとの気持ち教えてくれないかな」

幽霊とまた会話を始める狂骨を見つめながら、珠は困惑に彩られる。

「きょうこつさんは、いまなにを……」

「狂骨は、他者の負の想いとなじみやすくてな。よどみ歪《ゆが》みかけた他者のそれを自分に引き受けることで、幽鬼達を楽にしてやるんだ」

銀市の答えに、珠は座敷童《ざしきわらし》を思い返す。今の狂骨は姿が曖昧《あいまい》になった座敷童と同じように思えて、不安が芽生えた。

「だいじょうぶ、なのですか。ああいったことをして……」

「大丈夫、とは言い切れん。肉体がないだけ、自我が曖昧になりやすいんだ。取り込んだ思念に喰《く》われることもある」

珠が息を呑んでいると、いつの間にか狂骨が戻っていた。

「これはあたしの罪滅ぼしだからねえ。良《い》いんだよ」

「きょうこつさんは、わるいことを、したんですか」

そんな風には見えない。いつだって狂骨は明るくて朗らかで、珠にだってやさしくしてくれた。珠の考えが顔に出ていたのだろう。狂骨が困ったような笑みをこぼした。

「だって、あたしは『狂骨』だよ。井戸にうち捨てられた骨に抜けぬ恨みを抱えて妖怪《ようかい》になっちゃったのが、あたしさ」

指摘されて思い出した珠は、ぽかんとした。あまり意識していなかったからだ。狂骨は苦笑して「珠ちゃんは忘れがちだねえ」と頭を撫でてきた。

「こうしているのも、絡んで凝《ここ》ってなかなか成仏できないからよ。だからあたしと似たようなことで悩んでる女達の話を聞いて、ほんの少し恨みを引き受けて軽くしてやる。そうして功徳ってものを積んでるの。まあ死んだ後で積んでも、役に立つかはわからないけど」

「いいや、お前の凝りは徐々に薄れているさ」

「ヌシ様にそう表してもらえるのなら、ちょいと頑張ったかいがあるわね。ただ、自分の後悔と罪を他人様《ひとさま》で解消している卑怯《ひきょう》者よ。ずいぶん長くありすぎた、とは思うわ」

銀市の言葉にほのかに嬉しげな色を見せたものの、狂骨の哀愁はそのままだ。

苦く笑う狂骨だったが、しかし珠に向いた時にはいつもの朗らかな彼女だ。

「でも、死んじゃってもこうして良いことがあるだなんて、思ってもみなかったよ。お天道さんに、多少は許されたのかもしれないね。ありがとうね、珠ちゃん」

「いえ……」

珠は言葉が見つからず、けれどぎゅうと狂骨に抱きしめられた。

さすがに人に姿が見えるようになっていても、体温は感じられず、ただ感触があるだけだ。それでも珠の心は心地よさで満たされていく。

ただ、ただ。ほんのすこし。狂骨の過去が、気になった。
二、三度珠の髪を撫でた後、体を離した狂骨はすでにいつも通りで、少し遠慮がちに相談してくる。
「それで、なんだけどね。あの人が子にやる飴《あめ》が欲しいんだそうだよ。でも今は六文銭が使えないだろう？　それで困っていたらしい」

「あの女は、子を亡くしたのか。……狂骨」

銀市の言葉に案じるような色が交ざる。その理由は珠にはわからなかったが、狂骨には理解できたらしく表情を和らげた。

「あたしは大丈夫。……飴を持たせてくれたら、逝けるっていうからさ。ひとつばかり買ってくれないかな？」

「いいだろう、氷水の器を置いてきがてら買ってこよう。珠、来るか」

「は、はい！」

珠は銀市と共に、縁台から立ち上がり雑踏へ戻っていく。

食べ終わった氷水の器を店に返し、飴屋を求めて歩いた。

子に渡す飴ならば、可愛らしいのが良いだろうか。そういう飴の出店がいくつかあった。

すると、店と店の合間から、三味線の音と共に朗々と声が響く。

「よってらっしゃい聴いてらっしゃい！　さあ、今日は夏にふさわしい怪談物だ！　今ちまたを騒がせる、聞くも涙、語るも涙の朧太夫《おぼろだゆう》の話だよぉ！」

どうやら大道芸に交ざって読売りが居るらしい。

おぼろだゆう、というその単語になぜか惹《ひ》かれた珠はそちらを見ようとしたが、銀市に手を引かれた。

「珠、こっちだ」

この姿で、手を握られることにはもう慣れた。見上げた銀市の顔は逆光になっていてよく見えないけれど、少し気になった。

持ち帰った風鈴は居間から見える縁側の風の当たる軒にかけられた。

銀市につり下げてもらった蛍の描かれた風鈴は、ふんわりと風に吹かれて涼しげな音をさせている。

＊

朝の身支度を調えた珠が真っ先に縁側に向かうと、縁側に腰を下ろしている狂骨が目をつむって耳を澄ませていた。

縁日での姿が幻のようにいつもの緋襦袢《ひじゅばん》姿の狂骨だったが、珠が現れたのに気づくと目を開けて笑みを見せた。

『おはよう、珠ちゃん。いい音だねえ』

「おはようございます。きょうこつさん。いい音です」

『祭りを思い出して、いつまでも聴いていたくなるよ』

しみじみと語る狂骨に、珠は思わず頷きかけた。

できれば、このままずっと続けば良いのにと、感じるくらい。

りん、と以前も聞いた鈴の音が響いた。

続けていつもより乱れた足音が、玄関の方へ向かっていく。

銀市が出ようとしているのだろう、珠も様子を見に廊下へ顔を覗《のぞ》かせる。

玄関には肩口で切りそろえられた髪から、着物から袴《はかま》まですべてが白い少年がいた。

それは、珠を子供にした妖狐《ようこ》、灯佳だ。

珠が目を丸くして驚く間に、銀市が珍しく声を険しくして言いつのった。

「灯佳殿！　なかなか捕まらないと思えば！　今までどこに……！」

銀市の抗議の声も全く耳に入っていない様子で、灯佳は心底不思議そうに奥に居る珠を見つめていた。

「なぜ子供のままなのだ？」


灯佳も交えて朝食をとることになった。

何にしようかと珠は考えて、山から下りてきた妖怪が山芋を置いていってくれたのを思い出し、それを擂《す》り下ろすことにした。

あとは漬け物と味噌汁《みそしる》があれば良いだろう。

ぬか床に漬けた夏の野菜が、良い頃合いだ。良い具合に発酵しているぬか床は、うまく管理できたおかげで、絶妙な酸味と風味が付いておいしくなっている。

だが味噌汁はどうするか。ぬか床から取り出した野菜を並べつつ珠が考えていると、外から呼び声が聞こえた。豆腐売りだ、今から行けば間に合う。

考えた珠は、ごく自然に家鳴《やな》り達に願っていた。

「家鳴りさん、ご飯の番と、お味噌汁用の鰹節《かつおぶし》を削っていてくださいますか？」

家鳴りは当然とばかりにきしきしぱちぱちと音を響かせると、鰹節削り器を持ってきて作業を始める。さらに慣れたもので、釜《かま》を火にかけてヒザマと共に飯を炊き始めてくれた。

その光景に安堵《あんど》して珠は財布を摑《つか》むと、下駄《げた》をつっかけ豆腐売りを追った。


「ふむふむ、先ほど走っておったのは、このお揚げのためであったか」

灯佳は、油揚げを細く刻み、乱切りにしたなすと共に具にした味噌汁を愉快げに啜《すす》っていた。確かに台所の勝手口から庭を横切ったため、目に入ったのだろう。

炊きたてのご飯と、鰹の出汁《だし》と醬油《しょうゆ》で味付けた山芋。夏野菜のぬか漬けの食事を終えると、珠は灯佳に手招きされる。

傍らに居る銀市に緊張を解きつつ、恐る恐る灯佳の前に座ると、じっと覗き込まれる。

矯《た》めつ眇《すが》めつ底まで探るような視線に、珠は居心地の悪さを覚えるが、逃げたくなるのを堪《こら》えてじっとする。それでも、熱心さに耐えきれず目を逸《そ》らしかけた時、灯佳の目が愉快げに笑んだ。

あれ、と珠が視線を戻した時には、灯佳はふむと考えるように顎《あご》に手を当てている。

「なんとのう、複雑に絡み合っておるのう。あれはそも、三、四日もすれば解けるものだったのだ。さすがにわしでも準備なしにここまで続く呪《しゅ》はかけられんよ」

「準備は大いにしていただろうに……だが現に解けてはいない」

「うむ、優先すべきは起きた理だ」

銀市の険しい視線をものともせず、頷いた灯佳は続けた。

「わしはこの子の足りぬものが満たされるよう、あの呪をかけた。そなたの中にある幼い子が泣いているのが見えたゆえな。時が経つほかに、その幼い心が満たされれば自然と解けるはずだったのだよ。それが解けておらんということは、考えられるのは、外から阻まれておるか、内が満たされておらぬかだ」

「内が、みたされていない……？」

珠がきょとんとつぶやくと、灯佳の白い繊手が頬に伸ばされる。

「つまり、そなたはまだ子で居たいと願っているのやもしれぬ、ということだよ。幼き子。身内や、自らが自らにかける呪ほど強いものはないからのう」

戻らない原因が自分にあると語られた珠は、すうと血の気が引いていく。しかし、灯佳によってふに、と頬がつままれた。

「まあ、問題の根を把握しておらんかったわしの落ち度でもある。許せ」

柔く微笑する灯佳の眼差《まなざ》しは慈悲深いものだった。

いうなれば、神を感じさせるそれを、珠が惚《ほう》けたように見つめる。だがすぐに指は離され、灯佳は腕を組んで考え込む。

「とはいえ、そなたはわしが初めて会った頃よりもずいぶんと素直になったものだと思うが。銀市よ、おぬしは娘ッ子を一番近くで見ておろう？　なんぞ心当たりはないかの？」

くいと首をかしげてにじり寄る灯佳の表情は珠からは見えない。しかし銀市の眉間《みけん》に皺《しわ》が寄っていく。

「……子供になっても珠は良くやってくれる。だからこそなるべく早めに戻してやりたいとは考えているさ」

「くく、そう睨《にら》むな、ではそなたは戻してやりたいのだな？」

「もちろんだ」

平静な銀市の答えにもかかわらず、灯佳は含みのある表情で流し見る。

彼らの間に、なにか重苦しい空気を感じた珠は息が止まりそうになる。

和らげたのは灯佳の方だった。

「まあ、よい。あと一歩のように見受けるが、幼子の姿になじんでしまうのも良くない。解く算段を付けようか」

灯佳の言葉に、珠は軽い衝撃のようなものを受けた。自分の心の動きがよくわからず、驚いてしまった珠は胸に手を当てる。

戻れるのだ。……戻るのか。

「だが、すぐには無理だ。十全に戻すには仕度が必要であるし、ちと野暮用があってな。かかりきりになれん」

「意外だな。なにか問題があったのなら、教えていただけないだろうか。あなたの事情が知りたい」

銀市が強引に踏み込む聞き方をしたように思えて、珠は少々驚く。

聞かれた灯佳ははっきりと苦笑した。

「賢《さか》しらな聞き方をしおって。わしに願って聞き出そうとしてもそうはいかんぞ」

「一応、あなたを慮《おもんぱか》ってのことだったんだが。それで俺の願いは聞いてくれるのか」

「ちいと身内がおいたをした後始末さ。私情もあるゆえ気にするな」

銀市にさらりと返した灯佳は立ち上がると、呆然《ぼうぜん》と見上げる珠を見下ろした。

「わしは神の使いゆえ、願われたことしかできぬのだ。とはいえ、今回は叶《かな》えようとした願いの不始末。時間は工面しよう。早く戻りたかろうが、あと数日辛抱しておくれ」

「は、はい」

そうだ、あと数日で戻れるのだ。珠が頷《うなず》くと、灯佳が微笑《ほほえ》む。

組んでいた腕を解いた銀市も、どこか肩の力を抜いた。

「だが助かる。今日は俺も用があってな、これから出ねばならん」

「ほう、では後日準備を整えてまた来よう。馳走《ちそう》になった」

ひらり、と手を振った灯佳はそのまま去って行ったのだ。

風鈴についた短冊が風になびき、涼やかな音を立てた。ほんの少し雲がかかり、日差しが遮られる。弛緩《しかん》した空気が漂う中で、縁側にふわりと狂骨が現れた。

来客に配慮をして姿を消していたのだろう。

「きょうこつさん」

『ああ、珠ちゃんは戻れるんだね。よかったねえ』

嬉《うれ》しげに慈しむような表情に、珠の胸が詰まる。

そうだ、これは良いことなのだ。

「はい……」

珠が頷くと、狂骨が笑みを深める。その横で二人を憂うように見つめていた銀市は立ち上がった。

「そういうわけだ、珠。俺も出かけてくる」

「あ、はい。かしこまりました」

珠はいつも通り頷いたつもりだったが、そこでふと銀市が空を見る。

「午後からだいぶ天気が荒れそうだ。野分が通るかもしれない。早めに帰るようにするが……狂骨、珠に付いていてくれるな」

『？　もちろんだよ』

今日は雲はあるものの、じりじりと肌に暑さを感じるような日差しが降り注ぐ青空だ。

この天気が崩れるのか、と珠は不思議に思って空を見上げていたため、銀市の表情を見逃した。なんとなく、念を押す声のような気がした。

けれど、狂骨は不思議そうながらも朗らかに応じていて、珠が見ても銀市はいつも通りだった。

だからきっと、珠が頼りないからだろう。

「わたしもだいじょうぶです。のわけならとじまりをしっかりしないといけませんね」

珠もまた胸を張り、力強く答えると、銀市はかすかに笑んで見せたのだ。

＊

「だから！　朧太夫《おぼろだゆう》の呪いだって！」

病院の寝台の上で、唾《つば》を飛ばして力説する男の言葉を、銀市は黙って聞いた。

彼は昨日、吉原内の道で倒れていたところを病院に運び込まれた。足の骨を折っていたため、そのまま入院となったのだ。

「ほっほ、そう考えるのなら、朧太夫に会う心当たりがあるのかな？」

問いかけたのは、同行していた川獺《かわうそ》の翁《おきな》だ。僧形の男に扮《ふん》した川獺の言葉に、男は怯《ひる》む。

だが川獺は莞爾《かんじ》と笑った。

「安心しなさい。おぬしの危難を解くためにわっしが来たのだ。しかし、正直に話してもらわねば、助けることもできぬ。ほれわっしの役に立つと思って答えておくれ。まずは、なぜ呪いと思ったかだの。どこかの遊女に不義理でもしたか？」

好々爺然《こうこうやぜん》とした川獺の話術に男の緊張もほぐれたようだ。後ろめたそうながらも話し始める。やはり、助力を頼んで正解だったと銀市は感じた。

「その……もうなじみが居るのに、イイ女を見つけて通っちまって……表では言わねえけど、誰でもやってることだし、通ったのもずいぶん前だったから良いと思ったんだよ」

「吉原では別の店に通うのは、悪いことだからのう。昔は待ち伏せをして、身ぐるみを剝《は》がすこともあったと言うし、骨一本で済んで良かったとも言えるかもしれんな」

「や、やっぱそうなのか……」

川獺の言葉にぶるぶると震えて落ち込む男に対し、銀市は口を開く。

「お前が会った朧太夫はどんな姿をしていた」

「どんな、って今流れてる噂《うわさ》通りだったよ。ほろ酔い気分で道を歩いていたら、通りの向こうから花魁《おいらん》が現れたんだ。重たそうに仕掛けを引きずってさ。しかも花魁の全身が、まるで墓場から出てきたばかりみたいに、泥にまみれてたんだ。顔はぎょっとするくらいべっぴんなのに、どうすりゃああなるのかってくらい恨みが籠《こ》もっていたよ」

ぶるっと震える男は、恐ろしそうにしながらも熱を込めて続ける。

「やり過ごす前に、花魁はこっちに気づいちまったんだ。腐った腕が俺に突き出されてよ……。もう魂消《たまげ》ちまって、逃げようとしたんだが、後ろから男みたいなものすごい力で押さえ込まれた。朧太夫は不義理な客は小指を折って舌を引っこ抜くんだろう？　もう、怖くて怖くて無我夢中で暴れていたら、蓋《ふた》が外れてた側溝に足突っ込んじまったらしくて……気がついたら朝で、足が折れてたって話だ」

憔悴《しょうすい》した男が語る姿をじっくり見つめた銀市だが、彼が嘘《うそ》をついている様子はないと結論づける。銀市が視線を流すと、意図を察した川獺が応じ、男へ話しかけた。

「おうおうそりゃあ、難儀な目に遭われたな。これよりはおなごに誠実にあると良い。おぬしに仏のお導きがあるよう経を読んでやろうな」

「ありがてえ、ありがてえ。……あ」

手を合わせて拝んでいた男は、ふと思い出したように声を上げる。

「なんで呪いかと思ったたって。朧太夫の顔が昔のなじみの女に似てた気がしたんだ」

病院を後にした銀市と川獺は、じりじりと肌を焼くような日差しの下に出た。

生ぬるい風が強く吹いており、銀市は飛ばされないよう帽子を押さえると、川獺が話しかけてきた。

「ヌシ様よ、目撃者の何人かに話を聞いてみたが……」

「模倣しているが、朧太夫ではないな。狂骨の亡骸《なきがら》は、俺達が見つけるまでは、埋葬すらされてなかったのだから」

銀市が知る朧太夫は、井戸に落とされて死んだ。肉が腐り果て、骨だけになってもなお恨みはなくならず。かつて己が率いた花魁道中を仕立て、恨む相手を迎えに行ったのだ。

襲われた者達の前に現れた朧太夫は、一人きりで現れ、美しい顔……つまり肉を持ち、なにより泥にまみれている。

妖怪《ようかい》は、名と形に縛られる。ここまで違えば、騒動を起こしているのは朧太夫ではないと確信を持つには充分だった。

「お前のおかげで、順調に進んだ。助かったよ」

銀市が川獺に礼を言うと、彼はほっほと笑った。

「なあに、適材適所というやつじゃ。ヌシ様には世話になっておるし、狂骨殿とも知らん仲ではないからのう。あの女の捕物は、しばらく語り草になったもんじゃ」

ひげを撫《な》でる川獺は、笑みを収めて続けた。

「して、ヌシ様や。これからどうする。噂を流しておる者を見つけなければ、収まらんだろう」

「そうだな。ここまで噂が広まっているんだ。狂骨がいつ変質してもおかしくない」

狂骨に自覚はないようだったが、意識が茫洋《ぼうよう》としており、返答が遅れることも増えた。

今日は使っていなかった廓《くるわ》言葉まで出てきた。早急に対処しなければ、手遅れになる。

「噂の広まり方は不自然だった。意図的に流されたと考えるのが順当だ。問題は、誰が何の目的で噂を流したかだ」

「して、見当はあるかの」

「出現場所が偏っているのが気になった。現場を調べる」

「ではわっしはもう一回り、回ってこようか。なんぞ痕跡《こんせき》が残っているかもしれんしの」

川獺と別れた銀市は、男が朧太夫に襲われた現場……吉原を訪れた。

昔ながらの瓦葺《かわらぶ》き屋根に、弁柄格子が嵌《は》まった店構えがあると思えば、洒落《しゃれ》た洋風の建物が並ぶ、独特の町並みだ。夜になれば別世界のような浮き世離れした町となり賑《にぎ》わう吉原だったが、日も高い今は閑散としている。野菜を満載した大八車が足早に通り過ぎ、豆腐売り漬け物売りが張り上げる声が響く。日陰にはまだ化粧をしていない遊女らしき女が涼んでおり、干した洗濯物を取り込む者がいる。けだるい独特の生活感があった。

男が朧太夫と遭遇したのは、気軽に遊べる店が立ち並ぶ一角だった。

こぎれいな店が並んでいるにもかかわらず、人の気配が薄い。それなりに客が入る一角だったが、朧太夫の出現があっという間に広がり、客が嫌厭《けんえん》しているのだ。

朧太夫は、不義理な男の小指を折り、嘘をつく舌を抜く。吉原に来る男は、多かれ少なかれ後ろめたい部分がある。遠ざかるのは当然だ。

ただ、妖怪の出現場所としては、開け過ぎているのが気になった。被害者に統一性がないのなら、場になにかがあった可能性が高いが、今のところは不明だ。

銀市は思案しながら、男が通っただろう進路をなぞって歩いた。

ふと、振り返る。なにか、引っかかった感覚があった。かすかで、ともすれば気のせいと忘れてしまいそうな。だがそれは、なじみ深い何らかの術を破った時のものだ。

銀市は注意深く周囲を見回して、路地の隅に見つけた。

一見しただけではわからない壁の隅に、長方形の紙が貼り付けられていた。ただの人ならいたずらか、広告の貼り紙にも思えただろう。

だが、それは人避《ひとよ》けの術に使う札だ。普通の人間でも打ち破れる程度の効力だ。しかし、あらかじめ忌避の心があればより一層、近づこうと思わなくなるだろう。

しかも銀市は、札に込められた術の癖を、最近見たことがあった。

近くにも同じ札を見つけた銀市は、縁台でけだるく涼んでいた男を見つけ問いかけた。

「すまんが、この近くの者か」

「あ？　確かに、そこの店の牛太郎《ぎゅうたろう》してっけど……なんだ兄ちゃん」

「最近あの路地で見慣れない者、妙な動きをする者が居なかったか。朧太夫騒ぎ前後だ」

「そんなもん客商売だしそれなりに……あーいや。一回あった気がするなあ。何かあれば思い出せるんだがなあ……おっと小さい額で良いぜ。最近は偽札が出回ってるからな」

男がちらりと流す視線で察した銀市は、財布を取り出し、紙幣を一枚握らせる。

とたん男はほくほくとした顔で、滑らかに語った。

「朧太夫騒ぎが来る前に、路地でしゃがみ込んでた女を追い払ったことがあったよ。地味な着物の女だったが、ありゃ遊女だね。美人だが妙に暗くて人気が出なそうなやつだったさ。それ以降だ、女の暗さがこびりついたみたいに、あの路地が陰気になった」

男の話は偏りがあったが、銀市には充分だった。

銀市が吉原を出ると、ちょうど川獺と合流した。

「どうした、ヌシ様。ずいぶん険しい顔をして」

「人避けの札を見つけた。術の癖が、以前見た偽札にかけられていた呪《しゅ》と似ている。この事件はつながっていると見ていい」

一呼吸入れた銀市は、言い放った。

「御堂と話さねばならん」

夕方、吉原から離れた料理店で御堂と落ち合った。御堂が密談に使う信頼できる店だ。

「つまり、朧太夫の噂を流して人避けをしている犯人と、偽札に呪をかけていた協力者は同一人物の可能性が高いんだね」

個室に入ってすぐ、切り出してきた御堂に銀市は頷《うなず》いた。

「有力な候補は、被害者が遭遇した朧太夫と似ていると語った、昔のなじみの女だ。名はかすみ。他の目撃者にも確認したが『見知らぬ女』で一致していたから可能性は高い」

川獺のらりくらりと話を聞き出す力が再び役に立った。今度、改めて礼をしようと銀市は心に決める。

「かすみは被害者が以前通っていた店からは移っていたが、理由は、彼女が客の嫌な部分を言い当てたり、つらく当たった同輩に次々と不幸が起こったりして気味悪がられたかららしい。何らかの呪の心得があったと見ていいだろう。偽札の呪も、人避けの呪も巧みではない。自ら朧太夫に扮することで、実力不足分を補ったと予想は付けられる」

「朧太夫の噂は、潜伏場所や偽札の取り引き現場を隠すためだってことだね。吉原は閉鎖的だけど男の出入りは多いし、詮索《せんさく》する者が少ない。女を買いに来たか、取り引きに来たかなんて誰も聞くわけがない。絶好の取り引き場所ってわけだ」

納得する御堂の目が炯々《けいけい》と光る。それは、ようやく見つけた獲物のしっぽを逃すまいとする熱量だ。

御堂は連れてきていた部下と相談すると送り出した。

「吉原内に拠点の手配をした。吉原会所を脅せば、すぐに空き店舗を確保できると思う。

遊女かすみの消息もこちらで調査しよう。店がわかれば西山とのつながりもわかる」

「頼む」

「だけど……本格的な調査はさすがに明日だね」

御堂は窓の外を見る。空はどす黒い雲で覆われ、激しい雨と風が窓を叩《たた》いていた。遠雷も響いている。この荒れ模様では、どこの店も閉めてしまうだろう。調査どころではない。銀市もまた、今後は天気が荒れるばかりだと予測していた。

「こっちの拠点の方が近いよ、一晩明かせるだけの設備はあるから、来るかい」

「いや……」

銀市は、御堂の申し出にはすぐに答えず、見る間に荒れてゆく天候を見つめる。

脳裏によぎるのは、屋敷のことだった。

狂骨は今、かなり危うい状態にある。名を呼ぶことで引き止められる銀市が、なるべく側にいた方が良い。

それと同じくらい気になっているのは、出かけ際の珠だった。

大丈夫だと、幼い姿でもいつも通りの見送りをしてくれた。彼女は、外見こそ子供になっているが、中身は大人である。任せても問題ないのだ。

だが出しなに、銀市を見る珠の瞳《ひとみ》が一瞬、不安に揺れていた気がした。

頼ろうとしてできなかったのではないかと、胸に残り続けていたのだ。

この場に居たとしても、すでに銀市ができることはない。

決断はすぐだった。

「……早めに帰る、と言ったからな」

律儀な娘のことだ、待っていてもおかしくない。

立ち上がった銀市が帰るつもりとわかった御堂は、目を丸くする。

「えっ、いくら何でもあぶなくないかい？」

「俺なら大したことはないさ。だがそうだな。帽子は預かってもらえるか」

「も、もちろんだけど」

帽子を受け取った御堂が狼狽《うろた》える中で、銀市はごく気軽に嵐の中へ踏み出した。

*

[redacted]はゆっくりと胎を撫でた。湧き上がる感情はただ、ひたすら慈しみだ。

階段から落ちかけたり、つわりのせいかよく吐いてしまったりしたが、この胎に宿る命は、消えなかったらしい。よかった、と心底胸を撫で下ろす。

そして妓楼《ぎろう》の前で、楼主や自分付きだった禿《かむろ》や慕ってくれた同僚達に挨拶《あいさつ》をした。手紙は禁じられてはいない。だが、今日から[redacted]は吉原の華ではなく、たった一人の男のための女になる。

　今生の別れになるだろう。

　よくよく信頼できる傍輩《ほうばい》に頼んだが、もうすぐ突き出しの振り袖新造がずっと不安げにしていたのはとても気がかりだった。

「些細《ささい》なことでも良いから、不安に思うことがあったら、手紙をおくれ。なんとか力になるからね」

「……あい、花魁《おいらん》」

[redacted]が手塩にかけて育てた彼女は、今日も自分が贈った雲模様の着物を纏《まと》っている。朧月を引き立てるために、雲を身に纏えるのが嬉《うれ》しいのだ。と、はにかむ姿が愛らしかった。気弱だが未来はきっと、妓楼の顔となる御職を張れる娘だ。なんとかこの苦界から抜け出して欲しい。

「あの、これ……」

　そんな彼女に渡されたのはバチ形の簪《かんざし》だった。黒漆塗りで、バチ部分には丸い月があしらわれている。花魁としては地味だが、素人《しろうと》の女が普段から身に着けられる品だった。

「花魁に、もう雲はかかりんせんから」

　最後まで己を気遣ってくれた彼女を、[redacted]は抱きしめた。

　彼女達に見送られながら、[redacted]は地味な着物姿で木製の立派な大門を堂々とくぐった。

大門の向こうには、胎《はら》に宿るこの子の父親が待っている。

自分を身請けして、妻にと望んでくれた愛《いと》しい人。あの人の望みなら何でも叶《かな》えたい。

これから、あの人の元で幸せになるのだ。

その姿を見つけた[redacted]は、歓喜のまま名を呼んだ。

*

はっと、珠は目を覚ます。また、夢を見た。

覚えていないはずなのに、なんだか胸が痛くて苦しい。胸元の襟を握りながら荒く呼吸を繰り返すと、首筋を嫌な汗がだらだらと伝い落ちた。

居間で昼寝をしていたらしい。

珠がせわしない風鈴の音にゆっくりと首を巡らせると、空にはどす黒い色をした雲が恐ろしいほどの速さで流れている。

生暖かい風が頬を撫《な》でていき、珠は銀市の予想が当たったことを知った。

銀市の、特に雨が降るときの予想はよく当たる。ならば、すぐに天候が荒れるだろう。

珠は天井下《てんじょうさが》りや家鳴り達にも声をかけて、手分けをして雨戸を閉めていく。

外の空いた瓶が定位置のヒザマを、台所のかまどに誘導したが、ヒザマもどこか不安げである。

天井下りが風鈴を下ろすときに、珠は庭の井戸に狂骨を捜した。

だが、井戸はしんと静まりかえったままである。

唐突に、どっと桶《おけ》をひっくり返したような雨が降り注ぐ。

鬼雨《きう》だ。

たちまち井戸が見えなくなるような大地を叩く激しい雨音に、珠はかすかに肩を震わせ、一歩後ずさった。

家鳴り達が雨戸を閉めてくれたことで雨音が遠のき、わずかに安堵《あんど》した。

吹きさらしになっている部分には、銀市が出かける前に板を打ち付けてくれているから、もう大丈夫。

珠が振り向くと、ひどく部屋が広く感じられた。

「あ、」

かすかにこぼれた声が、空虚に響く。

暗い。外がうるさい。この様子だと、直《じき》に風も強くなってくるだろう。

「ご飯の準備を、しましょう」

言い聞かせるようにつぶやく。雨戸をすべて閉めたせいで、室内は暗い。

どう、動けば良かったか。思考がくるくると回る。

『珠ぁ！　どこにおる珠ーーっ！』

明るい声が響いて、珠がそちらを振り向くと、己の櫛を担いで歩いてくる貴姫がいた。暗がりの中でもはっきりと姿が見える彼女の姿に、珠は強《こわ》ばっていた体の力が抜ける。体に少し、熱が戻ってきたような気がした。

一方貴姫も珠に気づくと、まっすぐ走ってきた。

『大丈夫か、大事ないか？』

「だいじょうぶです。きひめさんもへいきでしたか？」

『上は家鳴り達が鎧戸《よろいど》を閉めてくれたから大事ない。まあ、なんぞはしゃいでいるように見えるが……』

珠が差し出した手に乗りながら、貴姫は頭上を見渡す。珠も同じように見上げると、家鳴り達が弾んだ足取りで鴨居《かもい》や長押《なげし》を走って行くのが見えた。

そのたびに、家がきしむ音が大きく響く。びくりと体が震えた珠だったが、先ほどよりは落ち着いていられた。

「きひめさん、いっしょにだいどころに来てくださいますか」

『もちろんじゃ。妾《わらわ》はいつでも珠の側におる』

貴姫の答えにほんのりと表情が緩む。礼を言いつつ、珠はこんな早くから使うことを申し訳ないと思いながらも、居間の電灯を点《つ》けた。

冴《さ》えた明かりに照らされてほっと一息を吐くと、台所へゆっくりと歩いて行った。

ごうごうと地響きのような風音が家の中にまで響く。

こころなしか空気は冷たく重く、いつもの家ではないようだ。

雨のせいか少し元気のないヒザマを宥《なだ》めながら、珠は台所で食事の仕度を始めた。

「まめのにものに、ぬかづけもありますから。あとはみょうがとなすをにびたしにすれば、じゅうぶんでしょうか。あっかぼちゃ、かぼちゃもありました。おみそしるにしましょう」

『うむうむ。良いのではないか。珠は料理上手じゃからのう』

一つ一つ確認するように言葉を重ねて、珠はゆっくりと包丁を動かす。

台所の板の間、蠅帳《はいちょう》の上に置いた櫛から貴姫が応じてくれた。

家鳴り達は、珠が願えば作業を手伝ってくれたが、珠以上に気がそぞろだった。

仕度の最中も、珠はちらりちらりと玄関を窺《うかが》うが、扉が開く気配はない。

体の奥に重苦しいものがぽたり、ぽたりと、したたり蓄積する。

強い風雨が激しく戸を叩いているのに、室内はひどく静かだ。

夕食の準備を終えた珠は、手持ち無沙汰《ぶさた》になり、電灯の点《とも》る居間でぼんやりと座り込む。

傍らに居る小さな貴姫が案じるように見上げる。

『大丈夫か』

「え、あ。はい。だいじょうぶです」

日も暮れると、いよいよ風の勢いも雨の勢いも増してきた。草木が激しくこすれ合う音が聞こえてくると、社の光景が脳裏をちらついた。

家が揺れる。きしむ。

帝都に来てからも野分は何度も経験しているのに、今日は外の気配が気になる。

遠雷の音が近づいている気がして、ぐっと拳《こぶし》を握りしめた。

自分が幼い体に引きずられているのをはっきりと自覚して、言い聞かせる。

大丈夫だ、ここは社ではない。今、珠は村から遠く離れた場所に居る。

「銀市さんも、かえってきますし、だいじょうぶです」

だが、これほどの豪雨と強風だ。帰ってこられないかもしれない。

またぽたりと重苦しさが沈殿する。

「だいじょうぶ。だいじょうぶです……」

息がせわしなくなるのは、良くない兆候だ。珠は落ち着こうとした。

大地が揺れるような轟音《ごうおん》が響いた。

「きゃぁっ……」

心臓が一瞬止まった気すらして、珠は耳を押さえてうずくまる。

ぶつんと電灯が消えた。たちまち室内は真っ暗になり、明るさに慣れていた珠の目はなにも捉《とら》えなくなる。

まだ送電が安定していないご時世だ。天気が荒れても荒れなくても、停電はよくあることである。なんら気にせず、洋燈やろうそくを用意して点すために動けば良い。

頭ではわかっている。わかっているのだ。

けれど、暗い。なにも見えない。雨がばたばたと屋根と雨戸を叩《たた》く。風が響き、草木が荒々しくぶつかる音が社にあった頃を否応《いやおう》なく思い出させた。

あの頃も荒れた天気の日には、こんな音が響いていた。

村人が雨戸を閉めに来てはくれたが、珠は一人で社の中で過ごしていたのだ。自分のすすり泣く声ですら、雨に紛れるのに。

ずるり、と外で這《は》う音が聞こえた気がした。

「ひっ」

珠は這うようになるべく雨戸から遠ざかる。

来るわけがないとわかっていながらも、動くのを止められなかった。

ただの嵐でいつかは通り過ぎて行くものだ。いつも通り過ごせば良い。

部屋の隅に来たところで、それ以上珠は動けなくなった。

ますます家がきしむ音は大きくなり、真っ暗な闇がさらに濃くなる。

『なぜひとりきりなのだろうの』

これは魍魎《もうりょう》の声だ。聴かなくてよい。

そう思うのに、珠の意思とは関係なく声が滑り込んでくる。

『親に見向きもされない子だからだ』

『役目も果たせぬ能なしで』

『こわい、さびしいと泣いておる』

『ほんに受け止められることはないと思っておるのに』

『不思議じゃ』

『矛盾しとるのう』

魍魎は、側にいる者の衝《つ》かれたくないことを語る。

彼らの言葉に、珠はなかったことにしたものを思い出す。

社に一人で居た時だって誰かに側に居て欲しかった。大丈夫だと励まして欲しかった。

しかし、どれだけ泣いて叫んでも、誰も来ることはなかった。

だって珠は贄《にえ》の子だから。崇《あが》め奉るものは、助けるものでも慰めるものでもなかったからだ。贄の子は神に捧《ささ》げ、祈りを届ける器であればそれでいい。

悟った珠は、求める心を殺して耐えた。いつの間にか、心は動じなくなった。

なのに、子供になった珠は、また求めたのだ。

灯佳に元の姿に戻れると聞いた時、ほっとしたと同時に、珠は確かに落胆した。狂骨がいて、銀市がいて、妖怪達《ようかい》にも助けられて。撫でられて、まるで愛されているように感じて。子供のままで、この時間が続けば良いと考えてしまった。

きっと珠が大人に戻らないのも、そのせいだ。子供で居たいと望んだから。

ひときわ大きい雷鳴がして、雨脚が強まったように鮮明に響いた。

珠は限界まで身を縮こまらせて、耳を塞《ふさ》ぎ、目をつぶった。

だから、やめよう。子供の姿は仮初めで、もう大人なのだから。

嵐程度、一人で耐えられる。

水の気配が鮮明になる。ぽたり、水滴の落ちる音が間近でした。

「珠」

雷鳴と豪雨にも埋もれない、低い声が珠の耳に滑り込んでくる。

その音は、とてもやさしい。

珠が恐る恐る目を開けると、青白い陰火に照らされて、銀市がいた。

いきが、吸える。

耐えられると、考えたばかりなのに。

吸った息が、涙声に変わって滑り落ちた。

「ぎん、いち、さん……」

だが、珠のか細い声をかき消すように雷が落ちる。轟音にたまらず縮こまった。

しゅるりと衣擦《きぬず》れの音が響き、珠の頭を手が滑る。

「雷が苦手だったのか」

珠は肯定も否定もできずにいると、貴姫の声が響いた。

『ヌシ様や、珠は言わなんだが、嵐そのものが苦手なのじゃ』

「そうか。……家鳴り、少し控えろ。それから魍魎。夜が明けるまで静かにするんだ」

すると、あっという間に家のきしむ音が小さくなっていく。

珠が恐る恐る顔を上げると、しゃがみ込んだ銀市と、今にも泣き出しそうな表情をしている貴姫がいた。

ようやく、貴姫の存在を思い出し、申し訳なさを覚えながらも、鮮やかな牡丹《ぼたん》柄に体の力が抜けてしまう。

銀市は、よくよく見てみれば、全身が水を被《かぶ》ったようにずぶ濡《ぬ》れだった。癖のある髪は首筋に張り付き、今もぽたぽたと畳に水滴を落としている。

珠が呆然《ぼうぜん》と見つめると、銀市は何かに気づいたように指を鳴らす。あっという間に彼から水分が飛んでいった。

この嵐の中を、帰ってきて、くれたのだ。

ぼたぼたと、珠の目から涙がこぼれ落ちた。

今、泣いてしまうなんて、自分の腕に爪を立て堪《こら》えようとする。

だが、華やかな色が広がり、打ち掛けを纏《まと》った女になった貴姫に抱きしめられた。

寄り添ってくれる感触に、胸の奥底にしまい込んだはずのそれが、揺れる。

『珠よ、もう堪えぬでもよいのだ』

「でも、わたしは、おとなで。こんなことで、お手をわずらわせる、わけには……」

言いかけた珠の頭に、再び手が滑る。温かくて、大きな銀市の手だ。

「……いいや、苦手な物は人それぞれだ。そもそも、野分が来るとわかっていて留守にした、俺が悪かった。――怖かったな」

珠は銀市を見上げる。喘《あえ》ぐように息をする。

感情が波打ち、波紋が広がる。

こわかった。ずっとずっと怖かったと、誰かに知って欲しかったのだ。

珠はぎゅうぎゅうと貴姫に抱きしめられる。そして、労《いたわ》りとやさしさを帯びた銀市の声に、胸の底に溜《た》め込んでいた感情が、涙として溢《あふ》れ出した。

「こわ、かったんです」

「ああ」

「ずっと、さびしくて、こわくて、でも、だれもいな、くて……」

あの頃封じた感情が鮮明に蘇ってくる。言ってはいけない。語る声は届かない。

だから封じ込めて、なかったことにしたのに。

銀市が、笑んだ。

「君が怖いのなら、側に居る。声を上げて良い」

だが、今の珠には、寄り添ってくれる感触が、受け入れてくれる言葉が、あの頃にずっと欲しかったものがあるのだ。

もう、それ以上は言葉にならず、珠は堪えることなく大声で泣いた。

一人きりで社にうずくまっていた自分が、ようやく眠った気がした。


銀市も、貴姫も、珠が落ち着くまでずっと側に寄り添ってくれた。

冷静になれた珠は、羞恥《しゅうち》に顔を赤らめつつも、銀市に食事の世話をする。

銀市が寝間着でくつろぐのを見計らったように、陶火鉢《とうひばち》がごとりと歩いてきた。

珠が火を付けた炭を入れてやると、どことなく嬉《うれ》しそうに銀市の傍らへと居座る。銀市に一喝された家鳴りは少ししょげていたが、長押《なげし》に座り込んでこちらを窺《うかが》っていた。

珠が彼らを見上げていると、銀市が苦笑した。

「久々の嵐ではしゃいでしまったらしい。音が立ちやすい日は、彼らが存分に遊べる日だからな」

「ごめんなさい。こわがって」

「かまわない、彼らはそのためにしている。今回は、普段怖がらない君が怖がったものだから、余計力が入ってしまったんだな」

普段、同僚のように過ごしている家鳴りだが、珠は改めて彼らが妖怪だと思い出した気分だった。

「さあ、疲れただろう。早めに休むといい」

立ち上がる銀市に珠は硬直する。そうだ、これから寝なければならないのだ。

外の業風は収まることを知らず勢いを増している。

再び、雷が落ちた。近かったのか、轟音が珠の小さな体を揺らす。

縮み上がった珠が摑《つか》んだのは、銀市の寝間着の浴衣だった。

洋燈の揺らぐ光の中で、軽く目を見開いた銀市に見下ろされ、珠は狼狽《うろた》える。だがしかし、布を握り込んだ手は自分でもうまく外せない。

銀市が難しげに眉《まゆ》を寄せていることから、困らせているのは明白である。

早く離さねばと思うのに、焦るばかりでうまくできなかった。

「あの、ごめん、なさい……」

大人の自分は大丈夫だとわかっている。だが部屋に戻ると想像するだけで身が竦《すく》んだ。

珠が銀市を見上げる潤んだ瞳《ひとみ》には、本人が意識せずとも縋《すが》る色が含まれていた。

銀市は、珠を見下ろしたまま逡巡《しゅんじゅん》するように沈黙していたが、しゃがみ込むと、珠の着物を握っている手を取った。

「君が、嫌でなければ、一階で寝るか」

「え」

思わぬ提案に、珠は大きく目を見開いて銀市を見返す。

銀市は照れも含みもなく、ただ困った色を浮かべて続けた。

「俺が、嫁入り前の娘の部屋に入るのは非常識だ。だが下の部屋なら君が眠るまで側に居てやるくらいは、許容範囲ではないかと、思う……そうだと思いたいな」

歯切れ悪い言葉に、珠は、ずいぶんと銀市を困らせているのだと強く意識する。

「居間なら、居候共の気配も濃い。寂しさも感じづらいとは思う。どうだ」

そうだ、銀市は成人男性である。珠がこんなことで頼ること自体が非常識である。

『妾《わらわ》なら共に寝てやれるぞ！』

貴姫もぴょんぴょんと主張してくれて、珠の心は落ち着いていく。

銀市は珠の様子があまりにも不憫《ふびん》だから、慮《おもんぱか》ってくれたのだ。

節度のある娘であれば、その配慮に感謝して、気持ちだけ受け取るか、とんでもないと断るべきだろう。

うつむく珠に対し、銀市はゆっくりと語る。

「あくまでこれはただの提案だ。だが……今はまだ、君は子供だ。好きに語って良い」

今はまだ、子供。

激しい嵐の音は収まらない。体が震えて、銀市に握られた自分の手はひどく冷たい。

「こ……、わい。です」

か細い言葉が返事であると、銀市はしっかりわかってくれた。


銀市は家鳴りと天井下りを手伝わせて、あっという間に仕度をしてくれた。

ちゃぶ台を片付け、白い蚊帳《かや》の紐《ひも》を部屋の四隅に打ち付けられた釘《くぎ》へと引っかける。

たちまち仕上がったその中に、珠の布団が敷かれた。

寝る仕度を終えた珠が蚊帳の裾《すそ》をめくって素早く入ると、大きな貴姫が現れて、とんとんと布団を叩《たた》く。

『さあ、はよう寝るがよい』

自分で仕立てた夏布団を被って横になると、透けた蚊帳越しに銀市が座るのが見えた。

不思議に思った珠が見つめると、視線に気づいた彼は静かに語った。

「俺は内側には入らない」

言外に安心しろと語られて、珠の最後の力が抜けた。

一人では居たくない、と言ったにもかかわらず、異性が居ることを意識していたのだ。

矛盾した考えを申し訳なく感じながらも、夏布団を口元まで引き上げて、天井を見た。

なじんでいる景色なのに、蚊帳の薄布越しだと違う場所のようだ。

さらに横を見ると、枕元では黒い卵のような姿をした家鳴り達が、細い手足を使ってそうっとそうっと珠の側に並ぼうとしていた。

しかし、隣の家鳴りに体が当たり、きしっと音が響いてしまい慌てている。

珠が思わず笑みをこぼすと、家鳴りはほっとしたようにかたかたきしきしと音を鳴らしたが、その音も控えめだ。

天井下りもどうやっているのか、蚊帳の天井の布から垂れ下がっている。

いつもと同じで、いつもと違う。

「明かりを消していいか」

「はい」

珠が返事をすると、銀市は洋燈のつまみを回した。銀市の姿が、闇の中に消える。

徐々に目が慣れていくと、銀市の傍らにある陶火鉢の埋み火《うずびび》がほんのりと明るく見えた。

畳の下から湿度を含んだ空気が上がってくるため、火鉢があっても暑いと感じない。

嵐が家をきしませる中、ふっと珠の横から貴姫が消える。

銀市の押し殺した笑い声が聞こえた。

「先に寝てしまったようだな。長時間は顕現できないのによく持った方だ」

「そう、ですね」

珠は眠ろうと目を閉じてみるが、不安が鼓動の不安定さとなりはっきりと感じられてしまう。体の芯は疲れているが、睡魔は一向にやってこない。

銀市が離れられるように早く眠らなければならないのに、ころり、ころりと布団を転がるだけだ。

気づいた銀市が話しかけてきた。

「眠れないのなら、なぜ嵐が怖いかを訊《き》いても？」

いつもよりも密《ひそ》やかな声に、珠はあの社でのことをぼんやりと思い出す。

「あらしの日、かぜやあめの音にまぎれて、やしろのまわりを大きなものがはいずる音がきこえることがあったんです。それをつたえると、むらの人は、神のおわたりだとよろこびました。わたしは、こわかったのに……それは、かんけいなくて。それがずっと、心にのこっていた、みたいです」

語ると、胸が重くなる心地がしたが、もう冷静に受け止められる。

もぞりと、銀市の方を向いても、埋み火に照らされる赤いわずかな輪郭で、そこに居ること以外はわからない。

「銀市さんは、あらしはこわくありませんか」

ごろごろと遠雷の音が響く中、そう訊《たず》ねたのは、そこに本当に銀市が居るか不安になったせいだ。

しかし、彼が少々気まずそうにする気配がした。

「俺か？　俺はその、だな。野分や嵐はむしろ楽しみな質《たち》でな……」

「えっ」

「一応半分龍だからな。雷雨も、風も、子守歌のようなものなんだ」

あ、と珠が思い出して、ぱちぱちと暗闇でも瞬《まばた》きをする。

管狐《くだぎつね》が暴走した日、銀市は龍に変じて豪雨を降らせた。突風を起こせることも知っている。そのようなことをできるのなら、確かに多少の嵐は大したものではないのだろう。

珠が思い至ったのがわかったのか、銀市が笑むのを感じた。

「だからな、またその這《は》いずる音が聞こえたら、俺が退けてやろうな」

銀市は、もう、あの神が居ないこともわかっているはずだ。珠だって、今這いずる音が聞こえたとしても、幻聴だと理解している。

ただの、戯《ざ》れ言《ごと》。冗談のようなもの。

けれどそのやさしい言葉が、珠の縮こまった心をそっと包んでくれるのだ。

「銀市さんのことばは、きずぐすりのようですね。てあてをされているみたいです」

「君の表現は面白いなぁ。ではほかにどんな手当てが欲しい」

楽しげな銀市の戯れに、珠もぽかぽかするのを感じた。そのせいかするりと声が出る。

「いつものたばこを、すっていていただけませんか」

「煙草《たばこ》を、か」

銀市が戸惑うのに、なんだか重い瞼《まぶた》を引き上げて頷《うなず》いた。

「めをつぶっても、銀市さんの、かおりがあれば、あんしんできる気がするんです……」

気配があれば、その先に、銀市がいると信じられる。

暗闇の中で軽く息を呑《の》む音が響いた気がした。けれど何かを焦がす音が響いた後、まもなく、なじみ深い紫煙の香りがする。

銀市の纏《まと》う紫煙だ。いつだって、珠を守ってくれる。

沢山、たくさん。守ってもらった。珠の知らないところで、言わないところで。きっとでも、この人が助けの手を必要とすることは、あるのだろうか。

銀市は多くのことをしてくれている。

珠の心にわずかに浮かんだ疑問は、泡沫《ほうまつ》のように闇に溶けていった。

＊

その日、珠が見た夢でも、雨が降っていた。

しとしとと、さらさらと、あたりの音を奪うような静かな雨だ。

土道は泥となってぬかるみ、そこに、朧月《おぼろづき》があしらわれた豪奢《ごうしゃ》な仕掛けを浸して地に伏す女がいる。

不意に、珠はそれが今まで見てきた夢の女だと気づいた。

だが、どうして気づけたのか。髪は鬢《びん》が大きく張り出すように結い上げられ、大小様々な簪《かんざし》が飾られている。

かんばせには肌も、肉もなく、虚《うつ》ろなしゃれこうべとなっていたのだ。

彼女から伝わってくる感情の生々しさに息を呑む。

苦しい、恨めしい、憎らしい、だが……悲しい。

珠は、無意識にぎゅうと手を握る。

その虚《うつ》ろな眼《め》から涙をこぼす彼女の前に立つ者がいた。

恐ろしく背が高い体を暗色の着物で包んでおり、帯は腰の位置で締められているため、男だろう。帯には一振りの刀が差されている。

滝のように背に流されている銀の長髪はひどく異彩を放っていたが、不思議と良く似合っていた。

なにより、彼の周囲に凝《こご》る闇に蠢《うごめ》くのは、有形無形様々な、狐狸妖怪《こりようかい》だ。

百鬼を従えているのは、間違いなく銀髪の男で、この雨の中、傘も差さず雨に打たれるまま、彼女を見下ろしている。

沈黙に耐えきれなかったのか、口を開いたのは女の方だった。

『銀龍、一派が、こんな遊女崩れを前にして、おそろいかえ?』

『お前は己の恨みを無辜《むこ》の人間にまで広げた。それはこれからの世には許されない』

『ああ、ああそうでありんしょう。わっちはみぃんな殺しんした。楼主も妻も、あれだけ愛した男も、嬲《なぶ》って追い詰めて、あざ笑って、この腕で抱いて殺しんした。可愛い後輩すら手にかけて、わっちは頭まで恨みに浸って悦《よろこ》びんした。この身は地獄に落ちんしょう』

うっとりと虚ろな顔で笑う豪奢な女は、骨の姿をしているにもかかわらず、恐ろしく美しくすごみがあった。ぞくぞくと珠の背が震える。

しかし、男はただ問いかけた。

『朧、本当にそれだけか』

女はそう問いかけられたとたん、不思議と口をつぐむ。

珠は女の眼窩《がんか》のない虚ろな眼差しが、男を捉《とら》えるのを感じた。

『お前は人に非《あら》ざる者となった。俺達の領分に入ったものに、二度はない。……が、一度目は聴こう』

ちきり、とその硬質な金属音がやけに大きく響く。

水滴を滴らせる刀の刃《やいば》を、男はまっすぐ女へ突きつけた。

『今、ここで楽になるか。確証はなくとも、その後悔を償うか』

男が腰から抜いた刃を突きつけられた女は、かちり、と歯を鳴らした。

『……その刃なら、あたしを、痛みもなく楽にしてくれるだろうね。この体で、痛いと感じるかすらわからないけれど』

時代がかった言葉遣いから、蓮《はす》っ葉《ぱ》な物言いに変わる。

その声を、しゃべり方を、珠は知っている。

女は骨の手で泥を握りしめた。

『あたしを、みのがして、くれるのなら。子の供養をさせて、欲しい』

『見逃しはしない。だが、処遇はこれから次第だ』

震えた女の言葉に、男はあっさりと刃を鞘《さや》に納めると、代わりに手を差し出した。

『お前は花魁《おいらん》道中を率い、嘘《うそ》をつく舌と、約束を守れぬ小指を奪い、人を死に至らしめる朧太夫《だゆう》ではない。今日からはそう、井戸にうち捨てられ嘆きを抱えた妖怪——狂骨だ』

すうと、女の姿が変わり、骨に仮初めの肉が付き、肌が戻り、緋襦袢《ひじゅばん》一枚を身に纏った、美しく、もの悲しげな女がいる。その髪にはバチ形の簡素な簪がささっていた。

女の手を引っ張り上げた拍子に、銀の髪が虚空へ広がり、男の顔があらわになる。

金色の瞳、怜悧《れいり》さを帯びた眼差《まなざ》しには感情はなく。

すぐに多くの魑魅魍魎《ちみもうりょう》達に囲まれて、見えなくなった。

だが、珠には、多くの者に囲まれながらも、その男がひどく孤独に感じられた。

第四章　焦燥乙女の選択

珠《たま》が目を開けると、あたりはひどく暗かった。

朝の時刻の気がしたがと不思議に思う。だが、おぼろげに白い蚊帳《かや》の薄布が見えたことで、雨戸が閉まっているせいだと思い出す。

珠の意識はすっきりとしている。嵐の夜にここまで熟睡できたのは初めてで、驚きつつも、ゆっくりと伸びをした。

「ん……」

しかし、前が妙にすうすうとしている。襟元を引き寄せようと動かした手が視界に入り、目を見開いた。

勢いよく布団から飛び起きると、小さな童女のような貴姫《きひめ》が現れ、興奮気味に珠の膝《ひざ》を叩《たた》いた。

『珠よ！　戻っておるな！　家鳴《やな》りよっ！　珠が見やすいよう雨戸を開けてやれ』

その声に応《こた》えて、家鳴り達が動き出し、勢いよく雨戸を開けていく。

明るい日差しが縁側に差し込み、野分の後特有の水の濃密な匂いと暖まった空気の匂いが混ざり合い、室内に入り込んでくる。

珠の肩から長い髪が滑り落ちる。子供特有の柔らかさはないが、滑らかな髪だ。

日差しに照らされた珠の肢体は、十六歳の体だった。

ずいぶん懐かしい気がする元の体に、珠は呆然《ぼうぜん》として。次いで一気に顔を赤らめる。

「ひぁ……」

小さな悲鳴を上げて縮こまったのは、己が子ども用の寝間着で、前が開《はだ》けたままだったからだった。

そうして、珠は狼狽《うろた》えながらも、元の姿に戻ったのである。

＊

天井下《てんじょうさが》りに着物を持ってきてもらい、珠は銀市《ぎんいち》と遭遇する前に身繕いを整えられた。

野分の後の庭は、驚くほど太い木の枝や石が転がっている。庭木にも、どこからか飛んで来た布などがひっかかっていた。物干し台が倒れて、物干し竿《ざお》が折れてしまっているのが、昨夜の野分が激しいものだったことを物語る。

「今日は一日、お片付けですね」

屋根の瓦《かわら》が飛ばされているかもしれない。家の点検も必要だろう。

珠はそんな荒れた庭でも、無事な井戸を見つめる。

「狂骨《きょうこつ》さん……？」

そっと呼びかけてみたが、あの透けた緋色《ひいろ》の襦袢《じゅばん》を身に纏った姿が現れることはなく、しんと静まりかえっている。

狂骨はまた、出かけているのだろうか。誰か、悲しみに暮れる女性を助けるために。

だが珠は昨夜見た夢の光景を思い出す。

今までで一番鮮明に覚えていた。

あの女が纏っていたのは、朧月《おぼろづき》の意匠が妖《あや》しく華やかな着物だった。

それを、狂骨が着ていたのを見たことがある。

「狂骨、さんの。夢だったのでしょうか」

彼女と対峙《たいじ》していた男は、彼女を朧太夫、と呼んでいた。

その男の髪は銀色で、顔は見えなかったが、銀市のような気が、する。

今まで見ていたのも彼女の夢なのであれば、それが狂骨の昔の名前なのだろうか。

形容できない不安が、珠の中に渦を巻いていた。狂骨に、会いたい。

珠が井戸を見つめていると、銀市が縁側に立った。

告げなくてはならないことを思い出し、珠はそわそわと話しかけた。

「おはようございます。銀市さん。あの、私戻りましたっ」

いつも通り単衣《ひとえ》を着流した銀市は、珠を見ると穏やかな安堵《あんど》を浮かべた。

「……ああ、良かったな」

「戻ったのは良かったのですが、なぜ急に戻れたのでしょう？　灯佳《とうか》様のお話ですと、私の子供心が満たされたことになるのですが」

珠が不思議に思ってつぶやくと、銀市の表情に一瞬だけ、複雑な色が交ざっていた気がした。だが、珠が瞬《まばた》いた時には幻のように消えて、穏やかな表情に戻っている。

「君は、ずっと心に溜《た》めていたものを吐き出せたのだろうな」

銀市にそう指摘されて、珠はじんわりと頬が火照る。夏の暑さだけではない熱がこみ上げてきた。

だが、その通りだとも思う。だって昨夜、珠は間違いなく、幼い頃欲しかったものを得られて、安堵していたのだから。

こだわりとなっていただなんて、縮こまりたくなるほど恥ずかしい。けれど珠の心には、以前とは違うなにかがあるのだ。

行き場をなくした感情を宥《なだ》めるために、珠がきゅうと己の両手を握り合わせてうつむいていると、銀市の手が伸びてきて視界に影がかかる。

撫《な》でられる、と珠は思ったのだが、頭に触れる寸前で止まり、ゆっくりと離れていく。

「もう大人、だったな。すまん」

「あ……」

そうだった、とまた顔を赤らめると、苦笑した銀市は続けた。

「灯佳殿に、念のため確認していただこう。それで、君は解放だ。お疲れ様だった」

「いえ私は、なにも。銀市さんこそご迷惑をおかけいたしました。これから精いっぱい勤めさせていただきます」

「ああ、頼んだ」

もう、大人。言葉としては奇妙だが、当たり前のことだ。

銀市の背を見送りながら、珠は撫でられなかった頭にそっと手を置いたのだった。


異変は、朝食を終えたあたりで起きた。御堂《みどう》が訪ねてきたのだ。

玄関へ応対に出た珠は、少し驚く。

彼は眼鏡はかけていたが、いつもの軍服ではない。ぱりっとした白いシャツとサスペンダーで吊《つ》ったズボン姿だった。パナマ草を編んで作られたパナマ帽を小脇に抱えている。洒落《しゃれ》た装いは、遊びを知る世慣れた男を思わせたが、その表情は焦りを押し殺すように険しく引き締められている。

御堂は珠と共に現れた銀市を見るなり、勢いよく語った。

「銀市！　急報だ。吉原《よしわら》で遊女が一人行方不明に。それが原因が朧――」

「御堂。奥で聞く」

銀市に強く制された御堂は、ようやく珠の存在に気づいたようだ。

はっと口をつぐみぎこちなく話しかけてきた。

「珠嬢、戻ったのかい、おめでとう。で、その……」

言いよどむ御堂に、珠はすぐに仕事の話だと察した。

緊迫した空気に、珠が聞くべきではないのだろうとも。

「ありがとうございます、御堂様。では私は庭の掃除をしていますので、ご用がございましたら、お声がけください」

「助かる」

銀市の言葉に頷《うなず》き、珠はその場を離れた。

しばらくして話し合いが終わったらしく、銀市は庭で掃除をする珠に声をかけてきた。

「珠、すまないが、出ねばならなくなった」

「最近関わられていたお仕事でしょうか」

珠が聞くと、銀市が少し驚いたように軽く目を見開く。

「そうだ。気づいていたのか」

「最近、夜に出かけられて、朝に帰られていることがございましたよね？　眠そうにされているのは少し気になっておりました」

気づいたのは、銀市が着ているところを見たことがない着物が、洗濯に出されていることからだった。珠が子供になっている間は、夜眠るのも早くなっていたため、行って帰ってくるのも充分できるだろう。

今日も銀市は、細やかな流水の文様が染め付けられた薄物を着込み、普段は被《かぶ》らない夏めいたパナマ帽を被っている。洒落た装いとは裏腹に、銀市の顔は険しい。

珠が問うと銀市の表情に、申し訳なさが色濃く浮かんだ。

「そう、か。その通りだ。今は吉原での事件を追っている。御堂が調査している案件が急転したことを知らせてくれたんだ」

「なるほど、それで夜に出歩かれていたんですね」

珠が納得していると、銀市の表情が戸惑いに変わる。

「いや、あくまで調査ではあるんだが、吉原に出入りしているのをすんなりと受け入れてくれるとは思わなかった」

「？　ええとあの。調査のために必要なんですよね。意味が少し……。それに男の方は、そういう所に通われるものとはわかっていますし。銀市さんが息抜きをされたい、ということでしたら行かれてください」

それこそ個人的な事情である。今まで勤めた先でも、家の主人や男性奉公人がそういった場所に通っているのは知っていた。

雇い主である銀市の余暇の過ごし方を、珠がとがめるなどあり得ない。

そこまで考えたところで、珠は胸に違和を覚えた。ほんの些細《ささい》な鈍い感覚に戸惑う。体が戻ったばかりで、なじんでいないのだろうか。

だが珠はこの話ですら、ずいぶん踏み込んだものだと気づいて恥じ入った。

「すみません。とにかく私は気にしませんので……」

「いや、なら良《い》いんだ。もう少し見逃して欲しい。今日は……いや二、三日は帰れないと思う」

よく見ると、彼の手には大きな風呂敷《ふろしき》包みが握られていた。おそらく着替えだろう。

「かしこまりました、あの私は」

「留守を頼む。店は閉めてくれ。判断に困ることや異変があれば近くの稲荷《いなり》から、灯佳殿に取り次ぎを願って欲しい。『銀古《ぎんこ》の従業員』だと語れば必ず取り次いでくれるはずだ。灯佳殿の指示に従えば大丈夫だろう。期間が延びるようなら連絡する」

「は、はい」

「灯佳殿に、君の様子を見てもらう時には同席したかったんだがな……。彼には話を通しておくから安心して欲しい」

銀市の矢継ぎ早の指示を心に書き留めていく珠だったが、彼の表情が気になった。

とても難しい、苦渋の決断を迫られているような。

「大丈夫、ですか」

おずおずと珠が問いかけると、銀市は表情を緩めた。

「ああ、大丈夫だ。心配させるが最善は尽くす。……すまないな」

安心させるような表情だったが、唐突な謝罪に面食らった。

急な外出のせいだろうか。意味を察せないながらも、珠がこくりと頷くと、銀市はふと庭に視線をやる。

その先にあるのは、今は誰も居ない井戸だ。

「行って来る」

銀市の顔は被った帽子の影で見えないまま、彼はそうして出かけていったのだ。

＊

店が休みとなってしまったからには、子供の間できなかったことをしよう。

珠は頭を切り替えて、一日目は野分で荒れた庭と周辺を片付けた。

やはり元の体は良いものだ。望んだところにちゃんと手が届くし、歩幅も大きいから移動も楽である。

二日目の今日はなにをするか。

珠は思案しながら、付喪神《つくもがみ》ではない箒《ほうき》でしゃっしゃと店の表を掃いていく。

気温はぐんぐんと上がり、ぬかるんでいた道もすでに乾いていた。

大八車を引いた八百屋の松《まつ》が通り掛かると、朗らかに声をかけてくれる。

「おや珠ちゃんお帰りなさい！　里帰りは楽しめたかい？」

「あ、はいっ。その節はありがとうございました。お着物は後ほどお返しします」

「ん？　子供の着物ならいつでも良いよ。うちの子はでっかくなっちまってるからもういらないしね」

珠が箒を握りしめて語ると、松は特に不思議に思うこともなく去って行く。

彼女の中では矛盾なく記憶がつながっていることに、珠は少しだけ安堵する。

ただ、一抹の寂しさを覚えた。

いつもと同じ光景と応対なのに、子供だった頃に見ていた時よりほんの少しだけ色があせてしまっているような。日常に戻ったのになぜそのように感じるのだろう。

銀市だって珠が元の姿に戻ったからこそ、信頼して留守を任せてくれたはずである。

そのことを、珠は嬉しいと感じていた。

だが、同時に出がけの銀市の様子を思い出す。あのように険しく、同時に悲しげな銀市は初めて見た、気がする。

「いいえ、大丈夫なはずです」

だって、銀市は、誰かを助けるために仕事をしているのだから。

がらりがらりとけたたましい音と共に、人力車が走ってくる。

通り過ぎるかと思ったが、閉まったままの銀古の前……つまり珠の側で止まった。

人力車の引き手が置いた踏み台に下駄《げた》を履いた素足を乗せて降りてきたのは、珠と同年代の若い娘だった。白い麻地に、目が覚めるような鮮やかな藍で桔梗《ききょう》が染められた着物を纏《まと》っている。結んでいるのは紺地に団扇《うちわ》が並ぶ染め帯だ。薄緑色の帯揚げと帯締めが、きっぱりとした色彩の中で目に柔らかく映った。

半襟の抜けるような白さにも負けない白い肌に、人の目を引きつける華やかな面立ちをした彼女を、珠は知っている。

若干緊張を見せながらも、その娘は珠を見るなり表情を明るくする。

「珠、久しぶり！」

彼女、高町染《たかまちそめ》は、今は寄場で引っ張りだこの人気娘義太夫《ぎだゆう》だ。以前妖怪《ようかい》の騒ぎに巻き込まれた際に銀古で解決して以来、彼女とは何度か手紙のやりとりがあった。

染は連日の公演で忙しい身であるはず。なんの前触れもない彼女の訪問に、珠は驚きながらも出迎えた。

「染さん、どうなさったんですか？」

「今日出るはずの寄場が嵐で雨漏りしちゃってさ、一日空いたから遊びに来たんだ。もちろんおやつは持ってきたよ？」

そう言って、染は手荷物を掲げたのだった。

珠はひとまず、染を居間に通す。

染はびくびくとしていたが、明るい居間に来ると、ほうと息を吐いた。

「妙に涼しいけど、夏はこの涼しさはありがたいかもしれないね」

やはり、染はなんとなく屋敷に居る人に非《あら》ざる者を感じ取っているらしい。

天井下りが染の背後に降りてきた時には、染は驚いて振り返っていたし、家鳴りがキシキシパキパキ音を立てるのにもびくついていた。

それでも、珠が瓶長《かめおさ》の水で冷ました麦茶を差し出すと、染は嬉《うれ》しそうに飲む。

染が持ってきたのは中に金魚の泳ぐ錦玉《きんぎょく》だった。甘みを付けた寒天の中には、練り切りで作られた色とりどりの石の間を、赤く色づけられた金魚が泳いでいる。見た目も美しく涼しげだった。

珠が皿に載せた錦玉をほれぼれと眺めていると、染はにんまりとした。

「ご贔屓《ひいき》からの差し入れで、かわいいなと思ったから持ってきたんだ。こんなお上品なのは冴子《さえこ》の方がらしいだろうし、がらじゃないけど。あんたのその顔見れたからいいや」

冴子は避暑で帝都を離れているのを、珠は知っていた。

彼女が旅先の風景が描かれたはがきを送ってくれたからだ。

染ににやついた顔で指摘された珠は、顔を赤らめる。確かに緩んでいる気がする。だが、仕方ないのだ。

「私に見せるために、持ってきてくださったんですか。うれしい、です」

「うわ、そんなはっきり言わないでよ、ますますかゆくなる！」

狼狽《うろた》えた染は錦玉に黒文字を刺して、豪快にかじる。

「ほら、味も良いんだ、甘いから食べなよ！」

「確かに、甘いですね」

緩む頬もそのままに、しばし涼をとりながら甘味を味わった。

珠も子供になっていたとはいえ、語ることは多くある。

縁側から風が入り込んで、もの悲しく風鈴の音が響く。珠は反射的に庭を見るが、やはり井戸に狂骨の姿はない。

野分の夜から、狂骨は帰ってきていなかった。三日居ないのは珍しくない。それでも風鈴の音を聞くたびに、珠は彼女の行方も案じていた。

残念そうな染のため息が響き、珠は現実に引き戻される。

「にしても、古瀬《ふるせ》さんがいないとはなぁ。残念。聞いてみたいことがあったんだけど」

「聞きたいことがあったんですか？」

頬を掻《か》いた染は、気まずげに視線を左右にさまよわせるが、話し出した。

「実は夏の間に、高座で怪談系をやらないかって持ちかけられてさ。それは良いんだよ。義太夫にも四谷《よつや》怪談とかあるしね。ただ昔からあるやつじゃなくて、最近話題の怪談話をやらないかって言われてんだよ。知らない？　朧太夫の話」

「朧太夫……ですか」

まさか染の口からその言葉が出るとは思わず、珠は呆然《ぼうぜん》とする。

思い出すのは昨夜の夢と、あの骨に恨みを湛《たた》えた豪奢《ごうしゃ》な女と、銀髪の男だ。

染は珠が単語を出したことで逆に安堵《あんど》したようだ。

「名前だけは知ってる？　まあ実際にあった話を元にした演目も珍しくないし、良いんだけどさ。最近吉原で復活してる話を元にした話を舞台にかけないかって言われてんの。でも本当に、吉原で朧太夫が出てきてるんなら、怪談話なんてかけたらまずいんじゃないかと思うし……。古瀬さんだったら、本当にいるかどうかわかるかと思ったんだよ」

気まずげな染に対し、珠はどきどきと胸が苦しくなるような緊張を覚える。

自分が夢で見たことを銀市に訊《たず》ねられず、慌ただしさもあって聞きそびれてしまった。だが狂骨の過去かもしれない話を、彼女の知らない場所で聞いてしまうのは、とても悪いことに感じられた。

珠が葛藤《かっとう》していると、異変に気づいたらしい染が訝《いぶか》しげにしていた。

「あんた、妖怪とかそういうのは平気でも、怖い話は苦手だった？」

「いえ、そういうわけではなくて、その……」

どう、答えたものか。不確かなことを語るわけにもいかず途方に暮れる。

りん、と鈴の音が聞こえた。

「ほほう、当代随一と誉れ高い娘義太夫の怪談か。これは良い場面に居合わせた」

甲高い少年の声に珠と染が振り向くと、縁側に白い少年が座り込んでいた。

それは灯佳だ。

前触れもなく現れた灯佳に、染はびくついて身を引いた。

「うっわ、誰!?」

「ちいと、ここの主人に縁あるものさ。様子を見に来るように言われていてな。一応玄関で声をかけたのだがのう」

「灯佳様、気づかずごめんなさい」

「よいよい、勝手に入ったのはこちらだ。問題はなさそうでなによりであった」

肝を潰《つぶ》した珠が立ち上がると、灯佳は雪駄を脱ぎ縁側から気楽に上がってきた。

珠が台所に取って返して茶と錦玉を出すと、縁側に片膝《かたひざ》を立てて座り込んだ灯佳は礼を言って受け取る。

「それよりも、朧太夫の怪談であろ？　気になるのなら聞かせてもらえば良い」

灯佳に視線を投げかけられた染は、するすると居座る灯佳に警戒したようだが、彼の姿は一二、三の子供だ。警戒するのもばからしいという結論に至ったらしい。

困惑は抜けない様子ながらも、肩の力を抜いていた。

「口入れ屋には妙なのが集まるものなの……？　まあいいや、珠も朧太夫の話、聞く？」

「その、そもそも、朧太夫はどういう方なのでしょう」

灯佳の様子が気になりながらも、珠が訊ねると、染はこほんと咳払《せきばら》いをする。

「朧太夫は、御一新《ごいっしん》前に吉原の御職を張っていた花魁《おいらん》のことだよ。吉原はわかるよね？」

「は、はい。女性が身を売る町で、男性が遊ぶ場所だと聞いています」

不作などが続くと、貧しい村では見目のよい子を、奉公の名目で女衒《ぜげん》屋に売ることは多くはないが少なくもなかった。

儀式が行えず、寂れていった珠の村も、ふと気づくと娘がいなくなっていて、聞けば「奉公に行った」と返されたものだ。実際に奉公に行った者もいたのかもしれないが、たいていは遊郭に売られていくものなのだと珠は帝都に来てから知った。

染もまた頷《うなず》き続けた。

「深川《ふかがわ》とか浅草《あさくさ》の私娼窟《ししょうくつ》の方が気楽に遊べるって野郎も多いけど、吉原は特別なんだよ。御職っていうのは、吉原の妓楼《ぎろう》で一番人気の花魁のこと。朧は現役中ずっと御職を名乗れたほど、人気だったんだ」

「それは、とてもすごいですね……」

「うん、すごいよ。太夫は昔、最高位の吉原遊女だけが名乗れた位だったんだけど、朧が生きていた時代にはもう使われなくなってた。なのに朧が太夫と呼ばれているのは、朧の人気がすごかったこともあるけど。一番は死んだ彼女を、敬って慰めるためだ」

「なぜ、ですか？」

「呪ったからさ」

染の良く通る声がやけに響いた。

高座で聞いた時のように、染の表情がりんとした色を帯びる。

「昔、吉原は花朝《かちょう》楼という妓楼に、朧という遊女がいた。名と同じ朧月の意匠を好み、美貌《びぼう》を鼻にかけず、情に厚く粋な性格で傍輩《ほうばい》や禿《かむろ》、新造にも慕われた。また客あしらいも良く、多くの分限者が朧の元へ通ったそうだ。彼女のおかげで妓楼の格まで上がったほど。そんな朧に、当然恋仲の男がいないわけがない」

そうだ、いた。珠は一つ一つ思い出していく。

夢で見た花魁道中の先に、男がいた。彼女は愛《いと》しい人と笑んでいた。

「朧は一人の客と恋仲になった。彼女の幸運は、客の男が朧を身請けできるほどの分限者だったことだ。妓楼は一番の稼ぎ頭である朧を手放すのを惜しんだけど、結局は客の熱意に押されたらしい。この身請けはお似合いだと誰もが祝い、言祝《ことほ》いだ。だがそれも、朧の胎《はら》に子がいるとわかるまでだった」

「こど、も」

珠が呆然とつぶやくと、染の眼差《まなざ》しが憂いを帯びる。

夏蟬《ぜみ》の音が引いていく。

玲瓏《れいろう》な染の声にひんやりとした冷気が交ざった。

「絶望、したのだろうね。遊女はいくら松の位だと持ち上げられていても、所詮《しょせん》は枕商売だ。ようやく愛しい人と結ばれるのに、子を宿してしまった彼女は、どれだけ悲嘆に暮れたのだろうね。彼女は子供を堕《お》ろそうとして、身請けの前日に亡くなってしまったんだ」

「えっ……？」

珠の驚きの声をどう解釈したのか、染は重いため息を吐いた。

「その悲しみと悲嘆があまりに大きかったせいで、朧の霊は死んでもなおこの世に留《とど》まって、愛しい人を道連れにしちまったらしい。迎えに行くために花魁道中を仕立ててね。男に不義理を働かせないために、舌を抜いて、約束ができないよう小指を折った。その無念の死を悼むために、太夫と付けて祭り上げたんだってよ」

染の言葉に、灯佳がふむと納得するように頷く。

「たしかに、荒ぶる御霊《みたま》を祀《まつ》るため、位階や官職を贈る贈位はままあるし、語り継ぐことで慰めとすることも多い。吉原で八月にある玉菊灯籠《たまぎくどうろう》も、死者の鎮魂に端を発しておるしからだからね！」

「な、なんかませた子だね……。確かに祭り上げられた朧太夫は、遊女の守り神として崇《あが》められてるみたいだけど。あっ、こう言うの、あたしが知ってるのは演目で吉原を扱ったのう」

子供とは思えない話をする灯佳を、染は薄気味悪そうにしながらも珠に補足する。

だが珠は、その話をどう、受け止めて良いかわからないでいた。

「それは、本当に起きた話、なのですか」

「真相は闇の中。それこそ本人に聞いてみなきゃわかんないだろうね。でも朧太夫は実際にいて、あたしが語ったのは事実を元にした、といわれている怪談だよ」

茶碗の茶を飲んだ染は、葛藤するように頭に手をやった。

「んで、あたしが困っているのは、その朧太夫が今、吉原でまた出て客達を祟《たた》っているって噂《うわさ》が立っていることなんだよ」

「またって……」

珠が青ざめるのをどう取ったのか、染も黙っている方が怖いとばかりに続けた。

「そうなんだよ。朧太夫が不誠実な客を襲うとか、最近では夜な夜な辻《つじ》で花魁道中を繰り広げるとか。実際に被害に遭った人まで出てきているらしいんだ」

「朧太夫が人を、襲っているってことですかっ」

「そういうことになる、のかな。間が悪いことに、吉原で遊女が一人行方不明になっててさ。嵐の翌日だったから、足抜けしたって考える方が信憑《しんぴょう》性があると思うんだよ？　でもなぜか朧太夫が攫《さら》ったんだ！　って広まっていて……珠、顔色が悪いけど、大丈夫？」

「だい、じょうぶです」

心配そうに覗《のぞ》き込んできた染に、珠はかろうじてそう返す。だが血の気が引いていくのを明確に感じた。

視線は自然と、井戸に向かってしまう。そこにいるはずの狂骨は、まだいない。

明らかに様子がおかしい珠に、染はばつの悪そうな表情でいた。

「怖がらせちゃったかな……ごめん。あんたがそんなに怖がりだとは思わなかったんだ」

「あの、銀市さんに、聞いてみますか。今日には帰ってこられるかもしれませんが」

「いや、やっぱ怪談はやめるわ！　あんたが楽しめないんなら意味ないもんね。怪談で涼しくなるより、派手な話で暑さを吹っ飛ばそうって提案してみる。その時は聴きに来てよ」

「は、はい」

自分の状態で判断を左右させてしまったのに強い不安を覚える。一方染は、どこかすっきりとしたようだ。

染の表情にほっとするが、珠の心臓は嫌な風に鳴っている。

その姿を、灯佳は曖昧《あいまい》な表情で見つめていた。

あまりにもひどい顔をしていたのだろう。染はその後すぐに帰って行った。

蟬時雨《せみしぐれ》が鳴り響く中、珠は居間で呆然と座り込む。

考えるのは、今までの銀市と、狂骨の行動のことだ。

銀市は普段よりも狂骨の動向を気にしていた。それと同時に、頻繁に普段とは違う場所へ外出している様子もある。銀市は、狂骨について探っているのではないか。

だが、自分が見た夢を根拠にするのも妙な話である。

「気になるか？　朧太夫のことが」

はっと、顔を上げると未《いま》だ縁側に灯佳がいた。簾の陰で自分の扇子をのんびりと扇《あお》いでいる。この少年は気配を消すのがうまい。

珠はまたしても灯佳を放ってしまったと申し訳なさを覚えながらも、彼の言葉に意識が奪われる。

淡い笑みを浮かべている灯佳に、珠は迷った末、口を開いた。

「狂骨、さんが、朧太夫のような気がして……でも、本当かどうかわからなくて」

「怖がっているだけと思っていれば、そこまで気づいておったのか。ならばそうだな」

曖昧に言いよどむ珠に対し、灯佳は懐を探ると一枚の紙を出した。

「これが今出回っている朧太夫の絵姿だ。簡単にだが、染助が語った今の朧太夫の話も書いてある」

灯佳が広げたのは女の錦絵だった。

箱提灯《はこぢょうちん》を持った男が先頭に立ち、打ち掛けを纏《まと》った遊女が続く。そして、赤い和傘を差し掛けられた下に、ひときわ美しい女がいた。

鮮やかな色調で描かれており、雲に彩られた月が浮かぶ豪奢《ごうしゃ》な打ち掛けを纏っている。華やかに結い上げられた髪には二枚の櫛《くし》、前ざしと後ざしの簪《かんざし》が飾られていた。裾《すそ》からは、黒塗りの下駄《げた》を履いている素足が覗くのが艶《なま》めかしい。

しかし、華やかな打ち掛けも髪も、今まさに土の中から這《は》い出て来たように泥で汚れている。こちらを見つめる表情は恨みにまみれており、崩れた髪が一筋、頬に垂れているのがすごみを帯びていた。美しいからこそ、その恨めしさが際立っている。

女の行列を彩る人間はみな骨だけの存在で、美しいながらもおぞましさを感じさせる一枚に仕上がっていた。

なにより、錦絵の女には井戸端で微笑《ほほえ》んでくれていた狂骨の面影があったのだ。泥にまみれながらも美しく、背筋が凍るような恨みを湛《たた》えた女に、珠は息を呑《の》む。

錦絵が、なにを描いているか珠には理解できた。

「花魁道中、ですか」

「おや、知っておるのか」

「夢で見て……あ」

あまりの驚きにこぼしてしまい珠は動揺したが、灯佳は興味を引かれたようだ。

「夢で見たとは、どういう意味かの？」

「え、あ、あの」

「言うてみるが良い。わしはこういうことには詳しいぞ」

珠は灯佳の勢いに押されて、自分が見ていた夢の話をした。

灯佳は一笑に付さず、真摯《しんし》に聞いたのちに語った。

「人に非《あら》ざる者を見る人間には、死者の念につながりやすい者が居る。死者もまた、人に非ざる者だからな。死者が出た場で、気分が悪くなったことはないか？」

「急に体が重くなったり、苦しくなったりしたことはあります、が」

「死者の霊に憑《つ》かれかけたか、あるいは場に焼き付いた死者の念を拾ったのだよ。……これは良い」

指摘された珠が驚くと、灯佳は瞳《ひとみ》に興味に似た色を宿した。

「夢の話に戻そうな。今回そなたは夢を通して、別人の記憶を見ておった。夢の内では時も、距離も、他者との境も曖昧だ。今まで狂骨と近しかったのであろう。縁が結ばれておってもおかしくはない。そなたが見たものは、確かに狂骨の記憶であろうよ」

灯佳の答えに、珠はすうと夏の暑さが引いていく気がした。

だって、銀市は人に仇《あだ》なすもの、人に危害を加える妖怪《ようかい》を許さない。

珠の見た夢が実際に起きたことなら、狂骨は今回で人に危害を加えるのは二度目だ。

一度目は許す。けれど二度目は？

銀市の最近の仕事、というのは、狂骨の騒動についてなのではないか。珠の頭でも、結びつけるのは容易だった。

「なにが聞きたい？」

灯佳の言葉に、珠は意識が引き戻される。

「わしは銀市にそなたの助言役を任されておる。そなたが聞けば答えるぞ。銀市とも付き合いが長いゆえ、おそらくそなたが抱える疑問にも幾ばくか応じられるはずだ」

まるですべてを受け入れるとでもいうように灯佳は鷹揚《おうよう》な態度だった。そういえば、銀市には困った時には灯佳を頼れ、と言われていた。

珠はごくりと、唾《つば》を呑む。

聞かなければ、わからない。けれど銀市はこの場にはいないのだ。

「銀市さんは、お仕事に行かれると、おっしゃって、ました。銀市さんは、狂骨さんを捜しに行かれたのでしょうか」

「……あやつはそこしか言っておらんのだな。まあそうだろう。いくら有用だろうと、そなたを巻き込もうとは思うまい」

哀れみが一体誰に向けられたものか、珠にはわからなかった。

しかしそうつぶやいた灯佳は、黒々とした眼差しで珠を見た。

「捜しに行ったのか、という問いには是と答えよう。だが、狂骨は一度罪を犯している。仕事の内容は推して知るべしだな」

「っ……狂骨さんを助けようとされているのではないのですか」

珠が思わず問い返すと、灯佳はひらひらと、扇子で扇ぎながら首をかしげる。

「さあて、どうだろうのう。銀龍一派……ああ、今は特殊事案対策部隊、と言ったか。とまれ、狐狸《こり》妖怪共の間で、あやつは未だに秩序の守り手として認知されておる。ゆえに、たとえ身内であろうと例外を作れん。徹底することで人とそうでない者、双方を守り、仮初めでも平穏を維持しておるからな」

珠の脳裏に昨日の朝の銀市の硬質な表情が浮かぶ。

言葉にするのが恐ろしい。にもかかわらず、珠の唇から声が滑り落ちる。

「吉原で遊女が一人、行方知れずになっているんですよね。その遊女を……本当に、噂通り、朧太夫が攫っていたら」

今、吉原では朧太夫の出現で、様々な人が被害に遭っている。

そのすべてが、本当に狂骨の仕業だったとすれば。

珠が言葉にできなかった部分を、灯佳は何の苦もなく口にした。

「銀市は許さぬだろうなぁ」

言葉は刃《やいば》のように珠の胸へ突き刺さった。

息が苦しい。この数ヶ月、銀市が人に仇なした妖怪を、どう処分していたのか、一つ一つ思い出す。そこに狂骨が加わるのか。

目頭につんと熱いものがこみ上げてきて、膝《ひざ》に置いた手をきつく握りしめる。

なぜ、が珠の頭をぐるぐると巡る。

なぜ朧太夫が今更吉原に出没するのか。なぜ、人を襲ってしまっているのか。

珠が見た記憶では、朧太夫は身請けしてくれた愛《いと》しい人と大門をくぐったはずだ。

そしてなにより、胎の子を愛しい人のものと確信して、あいしていた。

今語られている朧太夫の凶行と、珠に優しかった狂骨がどうしても結びつかない。

それに、銀市だ。出かける間際、苦しそうだったのは見間違いではなかった。

できるならば、狂骨と話がしたい。銀市にどうするつもりなのか、訊《たず》ねたい。

しかし、珠にはそのすべがないのだ。

黙り込んだ珠を見つめていた灯佳は、パチンと扇子を閉じた。

「銀市に会いに行ってみるか？」

「えっ……」

珠の心を読んだような提案にはっと顔を上げると、灯佳が立ち上がるところだった。彼が動くたびに、りぃんと鈴の音が響く。

「銀市がこの事件をどう収めるのか、気になるのだろう？　ならば直《じか》に見て確かめるのが一番ではないか？」

「で、ですが、吉原に、女の人は、入れないって」

「それくらい、どうとでもなる」

きっぱりと言った灯佳は、夕暮れにさしかかった日に当たり、白い髪が茜色《あかねいろ》に染まる。

「わしがやさしいのは、わしを慕う同胞と気に入った者のみだが、そなたは二度、わしに恩を与えた。そなたが願えば、叶《かな》えてやれる」

どうする、と言わんばかりに手を差し出す灯佳に、珠の瞳が揺れる。

思わず立ち上がった珠だったが、それは戸惑いからだった。

しかし、灯佳にぱしりと片手が取られる。

「肯定と取ろう。ではゆくか」

「あっ」

声が言葉になる前に、灯佳はぐいと存外力強く腕を引く。

りん。

そのまま、珠の視界は暗転した。

＊

喧騒《けんそう》と三味線や笛、太鼓の音が遠くに聞こえる。

祭りに似ていたが、何かが違う。

「娘ッ子、起きるがよい」

低い声に呼びかけられ珠が目を開くと、そこは見知らぬ部屋だった。

畳敷きで広かったが、置かれた茶簞笥《ちゃだんす》や床の間に飾られた掛け軸などの雰囲気から、あまり頻繁には使われていない印象を持つ。開け放たれた障子からは、石灯籠《いしどうろう》に入れられた灯に照らされ、よくよく手入れされた中庭が見えた。

すでに夜なのだ。

そして珠の背後には白い狐の置物が飾られた小さな神棚があり、隣では青年が珠の腕を摑《つか》んでいる。銀市よりは低いだろうが、それでも珠が見上げるほどの長身だ。

着流しにしている長着は白みがかった灰色の単衣《ひとえ》で、肩に触れる程度で切られたまっすぐな髪からそのまつげまで白い。

切れ長の眼差《まなざ》しには品があり、顔立ちは恐ろしく整っていた。

見慣れぬ青年のはずだったが、珠はあっと目を丸くした。

「灯佳、さまですか」

呼びかけると、青年、灯佳は褒めるように口角を上げて見せる。

「勘がよい子だのう。吉原に来るのに童では目立つからな。おしゃれ、というやつだ」

「は、はあ」

「ほれ、行くぞ」

灯佳に手を引かれるまま、一歩部屋から出たとたん、見るからに上等な着物を纏った男性と行き当たる。

珠は状況がわからないまでも、いきなり見知らぬ人間に遭遇して狼狽《うろた》えた。

しかし男性は灯佳を見るなり、驚きと喜色をあらわにしたのだ。

その拍子に男の頭から飛び出たのは、狐色の三角耳であり、尻《しり》に揺れるのはふさふさとした四尾のしっぽである。

「これは灯佳様！　ようこそおいでくださいました。先触れを出していただければ最上のおもてなしをさせていただきましたのに」

「そんなことしてみろ、気楽にこられなくなるだろうが。まあ良い九郎《くろう》、頼みがある」

気易《きやす》く答えた灯佳は珠の背を押して前に出す。

九郎と呼ばれた男は、それで珠の存在に気づいたらしい。訝《いぶか》しげにまじまじと見た。

「この人間の素人《しろうと》娘は何でしょう？　ここは人に非ざる者の妓楼《ぎろう》……いえ、今は貸座敷ですから奉公させられませんし、ちゃんと手続きを取らないと、銀龍に睨《にら》まれてしまいますよ。ご存じですか、今銀龍が吉原で……」

「知っておる知っておる。そなたら狐はわしの傘下。そも、狐が陽の気を吸い上げるのは業の内。この妓楼については銀市も了解しておるゆえ、楼主のそなたが気を張らずとも良い。で、だ」

ここは、妖怪が経営する店なのだ、と知った珠が息を呑《の》んでいると、灯佳がとんとん、珠の肩を叩《たた》いた。

「この娘と出歩きたいのだ。今のままでは目立つであろう、ふさわしい姿にしておくれ。そうだな……新造が良いだろう。とびきり着飾らせて欲しい」

「えっ」

「また、灯佳様は面白いことを思いつかれる」

珠が驚きもあらわに灯佳を見上げるが、その前にずずいと九郎が覗《のぞ》き込んできた。

「……まあ、磨けば見られる姿にはなりましょう。かしこまりました。必ずや、灯佳様の隣に立っても見劣りしないよう腕を振るいましょう」

「味見はなしだぞ」

「灯佳様のものに手を出す不調法者はいませんよ」

灯佳にそう返した九郎は、ぱんぱんと手を二度叩く。

「これ、手の空いてる者はいらっしゃい。灯佳様からの頼みだよ」

「「「あーい！」」」

ぱたぱたと現れたのは華やかな着物に身を包んだ女達だ。

珠は狼狽えて灯佳を見るが、灯佳は曖昧《あいまい》に微笑《ほほえ》んで手を振るばかりだ。

どうして良いかわからぬまま珠は女に囲まれ、連行された。

連れ込まれた一室には白粉《おしろい》の香りが漂っていた。

「洋髪風にしても良いんすか」

「せっかくだから遊びんしょう。灯佳様なら面白がるに決まっていんす！」

「今は電灯がありんすから、べったり白粉も流行《はや》りはしいせん。薄化粧に仕上げて……」

「新造なら、仕掛けはいりんせんなあ。そういえば、お前さんちょっと前に突き出しんしたえ？　空いた振り袖がありんしょう。あの色は灯佳様の隣に似合いんしょうなあ」

女達は珠が聞き慣れない言葉遣いでかしましくしゃべりながら、ひょいひょいと珠を着飾らせていく。彼女達が気にするのは灯佳の評価だ。

珠が口を挟まず、ただ大人しくしていると、女の一人が狐を彷彿《ほうふつ》とさせる細面に感心の色を浮かべた。

「お前さんは、ずいぶん着飾らせやすい。こんなに楽な着せ替え人形は滅多にありんせん。どこぞのお姫さんだったかえ」

「その、着せられることは少なからずあったので……」

祭事の時に、珠は村人によって贄《にえ》の子に準備された浄衣《じょうえ》を着込まされたものだった。引きずるほど裾《すそ》の長い衣を重ねて紐《ひも》を締め、頭には重い髪飾りをつける。

苦しくても、痛くても言葉にできず、なるべく早く終わるように、大人しくするのが、唯一の対処法だったのだ。

話しかけたものの、大して興味はなかったのか、女はふうんと応じるなり、ぎゅうと帯を締める。

「これでしまいでありんす。さ、灯佳様んところへいきんしょう。きっと内所でまっていんす」

あれよという間に珠は女に腕を引かれて、素足で廊下を歩く。

連れてこられたのは、灯佳と共に現れた部屋からほど近い場所だ。

電灯が点《つ》けられたそこで、灯佳が煙管《キセル》を吸いながら、九郎と談笑をしていた。

ゆったりと彼がくつろぐ様は、どこか浮き世離れしていながらも、妙になじんでいる。

聖と俗が不思議と調和していた。

珠が畳の上を素足で進み出ると、気づいた灯佳がこちらを見て、驚きを浮かべる。

そして、満足げに目を細めた。

「これはずいぶんと化けたものだ。わしらの化けに張れるぞ」

「御職を張れる器量じゃないが、影のある艶《つや》が男を惑わせそうだ。もう少し幼ければ引っ込み禿《かむろ》として世話をしたかったたねえ。今はもう流行らないかもしれませんがね」

九郎も同様に語り、値踏みの目を向けてくる。その眼差しに何かを思い出しかけて、珠は腹の据わりの悪さに視線を落とす。

珠が着せられたのは、夏の振り袖《そで》だった。比翼仕立てになっているため、一枚だけで何枚も着ているように見える。色は一見水色に見えるが、それは襦袢《じゅばん》の青が白い振り袖に透けているからだ。振り袖には、霞《かすみ》のような雲海模様の中に、色とりどりの撫子《なでしこ》が華やかに縫い取られている。まるで花が水面《みなも》を流れて行くようで、目にも涼やかだった。前結びにされた帯は、濃紅《こいくれない》地で露芝と夏草の花紋が散らされた意匠である。

普段しない前結びであり、金糸銀糸がふんだんに使われているために、重心がいつもと違い、珠は密《ひそ》かに踏ん張った。

髪は束髪風に結い上げられ、簪《かんざし》が数本飾られている。それも少し、重い。

白粉がはたかれ、目尻や唇に朱がさされた珠は、初々しさの中に憂いのある艶を感じさせた。伏し目がちな眼差しも清楚《せいそ》でありながら影があり、無防備さが不思議と目を引く。

珠の姿に灯佳は満足そうに頷《うなず》くと、煙管の灰を落とし立ち上がった。

「さあ、行こうか。紛れるにはちょうど良い頃合いだ」

灯佳に語られ、当初の予定を思い出し、全身に緊張が走った。

珠は長めに着付けられた着物の裾を引きずらないよう持ち上げて、灯佳の後に続いた。用意されていた黒の塗り下駄《げた》を履いて、一歩外に出る。

そこで、珠の目は一瞬くらんだ。あまりにまばゆかったからだ。

夜なのになぜと目を細めて見ると、店先にいくつも並ぶ提灯《ちょうちん》に煌々《こうこう》と明かりが点《とも》っていた。真昼のように明るい光が、行き交う人々を照らしている。

道の両端には、様々な店構えの店舗が立ち並んでいる。昔ながらの唐破風《からはふ》造りの店構えの中に、洋風建築の店も交じっているが、多くの店先には格子がはめこまれた部分がある。

そういえば、珠が通った土間の側にもあったと振り返ると、趣向を凝らした打ち掛けを纏《まと》った遊女達が格子の内側に並んでいた。

遊女が並ぶ場所なのだと理解した珠が立ち尽くすと、灯佳に腕を引かれた。

「おいで、銀市は今、仕込みをしている最中だろうから町の中にいるだろう」

そのまま雑踏に交ざって歩くことになった。

煙草《たばこ》の匂い、誰かから香る強い香水や香の匂いが混ざり合う。楽しげに値踏みする男達の声、遠くから聞こえる喧嘩《けんか》らしい音。格子の中からは女の鼻にかかったような甘い呼び声が聞こえ、珠の頭をくらくらとさせた。

道に珠のように着飾った女や少女もいなくはないが、その大半は男性だ。陽気に聞こえる三味線や太鼓の音に浮かれて、店先にある格子を覗いている。

どこもかしこも明かりが点っていて不自由しないが、目がくらみそうになる。

「昔は、行灯《あんどん》の火だったのだがな。瓦斯灯《ガスとう》やら電灯までついたものだから、真昼のように明るく賑《にぎ》やかになったものだよ。その分だけ闇が色濃くなったのやもしれぬがな」

独り言のように語りながら雑踏をすいすいと歩く灯佳の背を、珠はなんとか追った。

からりころりと下駄が鳴る。ひらりゆらりと振り袖が翻る。

すれ違う男達に口笛を吹かれたり、好奇の目を向けられたりするが、気にできないほど必死だった。まもなく、灯佳と共に広い大通りに出る。

大通りは、より一層の喧騒で満たされていた。道の中央は植木柵《さく》で囲われており、中には様々な絵が描き込まれた掛け行灯がずらりと並んで華やかだ。

植木柵の内側には、春になると桜が、秋になると菊が並ぶと珠は知っている。

そしてこの大通りの中頃にある辻《つじ》で、愛《いと》しい人を待った記憶も。

雰囲気はずいぶん変わっていたが、既視感が強まった。通りの名は。

「仲之町《なかのちょう》、ですか？」

「その通りだ。そこの辻が待合の辻と呼ばれる場所だ。最近まで、大見世の花魁《おいらん》があそこまで道中して客を待ったものだが、今ではもう辞めたみたいだの」

愉快げな灯佳の説明に、珠は小さく喘《あえ》ぐように呼吸した。

ここが、かつて狂骨がいた場所であり、珠が来るかもしれなかった場所だと実感した。

狂骨が経験した数々は、すべて何かが違っていれば、珠もまた味わうことになったかもしれないのだ。

わっとした歓声が耳に飛び込んでくる。どうやら辻に読売りがいて、呼び込みのために三味線で節を付けながら刷り物を読み上げているようだ。

「さあさ、今話題の朧太夫の絵姿はここで手に入るよぉ！　吉原で遊ぶのにこの話を知らないのはお上りだっ。幸福の絶頂で命を落とし、それを恨んだ朧太夫が地獄の淵《ふち》から蘇り、夜な夜な吉原を徘徊《はいかい》しては、かつての間夫《まぶ》に似た男の精気を吸い尽くす！」

「読売りさんよ、ちょっとばかし話が古いんじゃないか。今は男だけじゃなくて、有望な遊女も攫《さら》うんだとよ！」

「いやいや違うよ、今は花魁道中を繰り広げてるんだろう？　往年の華やかな道中をやっているなんて、いっぺん見てみたいものじゃないか！」

呼び込みに対し客が茶々を入れて、周囲の野次馬も勢いづいて自分が知っている噂《うわさ》を語り始めた。

聞くつもりがなくとも、話が聞こえてきてしまう。

珠は実際に記憶にあった土地と理解できたことで、より一層、噂と夢で見た狂骨の抱えていた感情との違いに戸惑った。

同じようにその声を聞いていた灯佳は、顎《あご》に指を当てて思案する風だ。

「これは良くないかもしれんのう」

どういう意味だろうか。珠が見上げると、灯佳の視線がある一点を見つめていた。

「おお、いたぞ」

珠も、吸い寄せられるようにそちらを向く。

大通りから一つ道に入った所だった。また格子の嵌《は》まった妓楼《ぎろう》が立ち並んでおり、男達が格子の中を覗いている。

道を歩く人々の中に銀市がいた。

薄曇りの空のような灰色の着物に、鱗《うろこ》模様の帯を締め、パナマ帽を被《かぶ》っている。雑踏の中で頭一つ分抜けているため、見つけてしまえば目が吸い寄せられるようだった。

その隣には、シャツにベスト、ズボン姿の御堂もいた。長身の二人が並んで歩くとよく目立つ。

二人の姿は格子の中からも注目の的だったらしい。

ゆっくりと歩いていた銀市が、格子の一つで止まった。傍らの灯佳は面白そうにする。

「長煙管の雁首《がんくび》を袖に引っかけるとは、古風なことをする」

その言葉で珠も、銀市の袖に煙管の雁首が引っかけられているのを見て取った。

長煙管をくいと回して引き寄せた遊女は、格子の間から銀市を妖《あや》しく流し見る。

「男前な旦那《だんな》さん。最近話題になっている方じゃござんせんか。今夜はわちきと楽しみんしょう？」

「ずるい。わちきも狙っておりんしたのに！」

「早いもの勝ちでありんす。指をくわえてみてなんし」

「お隣の色男さんもぜひ一緒に上がってくださんし」

遊女が銀市を引き止めたのを皮切りに、周囲の遊女も格子の内から声をかける。

美しい女達がうっとりと見上げているのは、銀市だ。

珠が立ち尽くして見つめていると、銀市は袖に引っかけられた煙管に手を添える。かすかに引くと、格子越しに遊女を覗《のぞ》き込んだ。

「俺が、まともな客ではないとわかっていて声をかけるのか？」

かすかに口角を上げた銀市は、笑んでいるようにも窘《たしな》めるようにも思え、謎めいた艶麗《えんれい》さを感じさせた。百戦錬磨であるはずの遊女の顔すら赤らむ。

その隙に銀市は女の手から長煙管を奪うと、袖から外し、再び遊女に返した。

秋波を躱《かわ》す動作は、とても手慣れている。

珠は胸の奥がきゅうと苦しくなるのを感じた。戸惑って胸に手を当ててみるが、よくわからない。怪我《けが》はしていないはずだ。だが、ずきずきと痛む気がする。

その間にも銀市は、遊女に話しかけていた。

「だが、俺のことを知っているのならちょうど良い。かすみという遊女の話が知りたいんだ。今噂になっている太夫に攫われたという」

「かすみどんの客かえ。目の前にきれいな華がこんなにおりんすのに……」

恨めしげにため息を吐く遊女に、銀市は淡く笑う。その喉《のど》にくぐもらせるような笑い方も、珠は知らない。

「すまんな。どちらかというと、知りたいのは怪談の朧太夫だ。無念の中で死んだ女達の霊を慰め導くはずの彼女が、遊女を攫ったのかが気になる」

「まあ、ねえ……今の噂になる前は、朧太夫さまは、わちきらを助けてくださるって話もありんしたか」

「ああ、俺がそうとわかっていて誘ったのだろう？　聞かせてくれないか」

「もちろん、話を聞かせてくれるなら花代も弾むさ。花魁達と楽しく話せるのなら僕達にとっても良いことだもの」

隣で眺めていた御堂もまた、柔和な笑顔で語ると、きゃあと遊女達から歓声が上がる。

銀市の世慣れた物言いに、珠の息苦しさは鮮明になるようだ。

思わず、ずり、と後ずさると、とんっと灯佳に当たってしまう。

「あっ、ごめんなさい」

「構わんさ、にしてもふむ」

珠はそのまま、灯佳にまじまじと見つめられて身を縮めた。

彼の瞳《ひとみ》に興味が乗り、薄い唇が開きかける。
しかし灯佳は何かを語る前に、視線を珠の背後に流した。
「灯佳殿、なにをされて――……珠？」
銀市の低い声音に、驚きが交じる。
名を呼ばれた瞬間、珠は彼に会って何を話すか、全く決めていなかったと思い至った。
訊《き》かねばならないと小さく決意しつつも、珠は自分の心の変化を不思議に思う。
いるはずのない場所。いつもは着ない着物。したことのない髪形。
そもそも珠の顔は見えなかったはずなのに、彼は珠の名を、確信を持って呼んだ。
瞬間、珠の胸の痛みは治まった。あれは、何だったのだろう。
珠は小さな困惑を胸の奥にしまい込みながら、銀市を振り返ったのだった。

第五章　朧と霞と我が儘乙女

銀市《ぎんいち》はその場を御堂《みどう》に任せると、珠達《たま》をとある店へと連れて行った。

仲之町《なかのちょう》から外れた店の一角だったが、店構えを見た灯佳が納得したようにつぶやいた。

「廃業した貸座敷のようだのう。拠点としておるのだな」

意味がわからず、珠が見上げると灯佳は続けてくれた。

「吉原《よしわら》は女と遊ぶまでにいくつもしきたりがある。今は手軽に遊ぶ方法も場所もあるゆえ、廃業する者も多かろう」

「はあ、なる、ほど……」

今まで歩いてきた町並みは、艶《なま》めかしく、盛況で、繁華に思えた。あれほど華やかにもかかわらず、このように廃業する店もあるのか。と珠はなんとも形容しがたい気持ちで明かりの落ちた店を見上げる。

しかし、表の寂れた印象とは違い、一歩中に入れば、古びた印象はあれどきれいに掃除がされていた。

室内に点《つ》けられた電灯で内部は明るい。土間から上がり、奥の座敷に行く間に、御堂に雰囲気がよく似た男達が声を潜めて相談しているのが見えた。

空いている一室に入ったとたん、銀市が険しい顔で灯佳を振り返る。

「灯佳殿、今の事情にそこまで詳しいのなら、なぜ珠を連れてきた」

銀市の限りなく怒気に近い感情に、向けられているのは己ではないにもかかわらず、珠は縮み上がる。しかし灯佳はやんわりと笑むだけだ。

「いやはや、娘ッ子が困り果てていたものだからな。そなたに会わせるために少々手伝ってやったまでだ。その衣は偽装よ」

「そこまでせずとも、吉原内に遊女でない女もいることくらい、あなたなら知っているだろうに。なにを企《たくら》んでいる」

「はは、愛らしいだろう？　うちの眷属《けんぞく》は洒落《しゃれ》者が多いからな、張り切ってくれた。子供に見えなかろう？」

飄々《ひょうひょう》と語る灯佳に背中を押された珠は、銀市の前に立つ。

睨《にら》むような銀市に珠は意図せず怯《ひる》んでしまったが、彼は珠の様子に気づくとほんの少しだけ硬質な空気を緩ませた。

「君に怒っているわけではない。どうせ灯佳殿に強引に連れてこられたのだろう」

「あの、そのでも。銀市さんに、聞きたいことがあって……」

銀市が無言で続きを促してくるのに対し、珠は勇気を奮い起こして問いかけた。

「銀市さんは、今、噂になっている朧太夫《おぼろだゆう》の騒ぎを、狂骨《きょうこつ》さんが起こされていると思っていらっしゃいますか」

「……灯佳殿」

銀市が険しく呼ぶのに灯佳は涼しい顔で首を横に振る。

「わしはいつも通り、少し背を押してやっただけだ。残りは娘ッ子が自ら辿《たど》り着いたのだよ。この娘、夢路で狂骨とつながっておったらしい」

「なに」

「狂骨さんが、この町で働いていた頃の夢を、見ました。だから、吉原で流れている噂と、狂骨さんがどうしても結びつかないんです」

噂で朧太夫は自分の子を堕《お》ろそうとしたが、夢の中の狂骨はお腹の子を愛していた。恨んで出る理由はわからない。だが少なくとも、遊女を攫う行動には違和があるのだ。

銀市が驚きに目を見開き凝視する。珠は両手をぎゅっと握り合わせながら続けた。

「勝手にこちらに来た上に、お仕事の邪魔をして申し訳ありません」

「元々、御堂に聴取は任せるつもりではあった、気にするな。……それよりも珠、具体的にはなにを見たんだ。朧の最期は見たのか」

恐ろしく真剣な表情の銀市に矢継ぎ早に問いかけられ、珠は狼狽《うろた》えながらも答えた。

「狂骨さんに、好きな方がいらっしゃったことと、その方の子供がお腹にいたまま、大門をぐって一緒になったところまでで……。でも、狂骨さんが骨の体で、あの吉原の通りで、銀龍一派の方と約束されたのは、見ました。あの銀髪の方は銀市さん、ですよね」

我ながら奇妙な話だと珠は思ったが、銀市には理解と若干の安堵《あんど》が浮かぶ。

「……そう、か。君が見たのは、おそらく俺だ。夢であれ、狂骨の死を追体験すれば大きな負担になっただろう。そこを目にしなかったのなら、良かった」

銀市に肯定されたことで、珠ははっきりと違和を自覚する。

聞かなければならなかった。

「最近お忙しかったのは、朧太夫さんの噂《うわさ》を確かめられるため、ですよね。銀市さんは狂骨さんをどう、されるつもりですか」

自分でも意識せず、珠が縋《すが》るような眼差《まなざ》しで見上げると、銀市はためらうようにかすかに口元を引き結ぶ。

だがしかし、諦《あきら》めたように答えた。

「結論から言えば、今回の朧太夫騒ぎは狂骨の仕業ではない。朧太夫の名を悪用した第三者の仕業だ」

「ほう、そうなのか？」

合いの手を入れる灯佳に、銀市は視線をやるが、口を開く前に入り口に御堂が現れた。

御堂は灯佳に対して引きつった表情を浮かべるが、銀市に向き直る。

「銀市、話を聞けたけど……」

明らかに珠を気にする様子の御堂に、銀市は頷《うなず》いた。

「珠はすでに朧太夫のことを知っている。話してくれ」

「わかった……朧太夫に連れ去られた遊女は、偽朧太夫の実行犯かすみで間違いない」

御堂はぺらりと手元の手帳をめくった。

「かすみは店を転々としていたせいか、店の誰とも交流がなかった遊女だった。けど、同輩の一人が、体調が悪くても楼主に睨《にら》まれるからと休めなかった時、かすみに助けられたと話してくれたよ。かすみがお札らしきものを使うと、そっくりな遊女が現れて張り見世に上がったらしい」

「ほうほう、今の世にそれほどの術を使う人の子がいるとはな。遠い先祖が人に非《あら》ざる者と関わっていたのやもしれんのう」

灯佳が感心したように語る。銀市はちらりと視線をやるが、すぐ御堂に戻した。

「御堂、かすみのなじみに、西山《にしやま》はいたか」

「いた。偽名を使っていたけど、特徴からして間違いない。大金を積まれたから、楼主は夜に連れ出すのも許していたそうだ。近々身請けもされる予定だったから、余計に朧太夫に攫《さら》われた信憑《しんぴょう》性が増したみたいだね」

「決まりだな、朧の出現現場は絞れている。こちらも派手に噂を流したんだ。朧太夫をもう一度出すだろう」

「うん、待ち伏せの準備を進めとく」

御堂が足早に去っていった後、銀市は珠と灯佳へと向いた。

「朧太夫は、御堂が追っている違法取り引きを隠すために利用されていた。これから、実行犯の捕縛をする」

珠は安堵した。やはり銀市は、狂骨の仕業と決めてかからず、冷静に動いていたのだ。

「噂が収まれば、狂骨さんは戻ってこられるのですね」

「……いや」

「確かに、状況はよくなかろうの」

銀市が言いよどむ中、灯佳は、指折り数えて納得したように頷いた。

「今流れておる朧の噂は、『朧太夫が道で客を襲う』『遊女を攫う』の二つ。だが、ごく最近になって『花魁《おいらん》道中を繰り広げる』が加わっておる。前二つは偽者の仕業としても、花魁道中は狂骨だな？」

珠がとっさに銀市を見ると、彼は苦々しささえ感じる険しい表情だった。

本当だとわかり、珠が息を呑《の》む間にも、灯佳は続けた。

「妖《あや》しの者は己にまつわる逸話に左右されがちだ。特に狂骨は、銀市の言の葉によって踏みとどまれている程度の存在だからの。偽りであろうとここまで広く知られ、恐れられれば、噂に引きずられてもおかしくないな。現に狂骨は行方知れずなのであろう？」

珠は座敷童《ざしきわらし》の姿を思い出していた。幼い姿が、子供達の怯《おび》えた声に呼応するように老婆の姿になっていた。それと同じことが、狂骨にも起きようとしているのだろうか。

花魁道中の話は、染《そめ》から聞いた。

「恨んだ相手の元へ花魁道中をするのは、元からあった朧太夫の怪談ですよね」

銀市が無言で頷くのに、珠はふらりとよろめいた。

狂骨は、朧太夫に戻ってしまったのだろうか。彼女は戻ってこないのか。

そして、銀市は狂骨を――……

銀市が支えてくれるが、珠はうまくものが考えられず、目の前がくらくらとする。

痛ましい眼差しを向けながらも、銀市は珠を落ち着かせるように続けた。

「まだ決まったわけじゃない。花魁道中を行っている朧太夫は、まだ人々に危害を加えていない。今のうちに止められるよう試みる」

珠が顔を上げると、銀市は落ち着いた表情を浮かべていたが、それが珠を安心させるためだと理解できた。

銀市は珠から手を離すと、灯佳を見る。

「灯佳殿、連れてきたのだ。問題なく連れ帰ってくれるな？」

「もちろんだとも。わしは最後まで見捨てぬからのう。ちゃあんと送るさ」

灯佳の返答に銀市はため息を吐いてなにか言いかけたが、再び御堂が現れる。

「銀市、準備ができた」

「わかった」

銀市は返事をすると、珠をもう一度見た。珠もまた縋るように見返すが、銀市の静かな眼差しは揺るがなかった。

「これから、吉原は騒ぎになる。君は先に帰りなさい」

間違えようのない、明確な線引きだった。

本来ならば、銀市の仕事の邪魔をしてしまったのだ。怒鳴られてもおかしくないのに、ここまで平静に促してくれるのだ。その優しさに、感謝をしなければならない。

なにより、望まれたのだ。

「は、い……」

珠はそう答えることしか、できなかった。

銀市はさらに何か告げようとするが、ためらったのち、静かに語った。

「少し、ここで休んで行くと良《い》い。……すまないな」

そんな銀市を見上げた珠は息を呑む。

銀市は昨日の朝家を出る時と同じ言葉を残し、御堂と共に部屋を出て行ったのだ。

銀市の背を見送った珠はしばし座り込んでいたが、よろよろと立ち上がった。

「どうした」

「帰り、ます。銀市さんに、お願いされたので。待たせてしまって申し訳ありません」

重い衣で体が揺らがないよう、腰を落として頭を下げると、灯佳は手を振った。

「よいよい。ではまずは貸座敷に戻ろうか」

そのまま、灯佳と連れ立って外に出た。

時が経ったせいか、先ほどよりも賑《にぎ》わいは収まっており、どこか人が少ないように感じられた。店に入った時には気づかなかったが、そもそも人通りが少ないのかもしれない。

珠が周囲を見渡していると、察した灯佳が語った。

「朧太夫の騒ぎのせいで、客が減っておるのだろうな。客を襲うと言われておるのだ。知っている客は早めに帰るだろうな」

「そう、ですか」

ざりと下駄《げた》が地面を嚙《か》む音が耳に大きく響く。明かりはところどころ点《とも》っていて普通の夜道よりも明るいはずなのに、余計に夜の闇の色が濃いような気がした。

「苦しいか」

灯佳の声が響いた。その声には揶揄《やゆ》もなく、面白がる色もなく、ただ哀れみがある。

そう問われて、珠は自分が無意識に胸を押さえていたことに気づいた。

苦しいか、と問われればその通りだ。

理由は、なんとなくわかっている。

この数時間だけで、珠は銀市の知らない一面をいくつも見た。

世慣れた雰囲気、灯佳とやり合う冷めた表情。そして——……

「銀市さんは、狂骨さんを助けるとは、一度も言いませんでした」

「そうだろうの。あやつは不確かなことは語らん」

灯佳に肯定されて珠は唇を噛みしめる。

銀市は、染の時も冴子《さえこ》の時も、座敷童の時も大丈夫だと語ってくれた。今回の狂骨の一件は、確約できないほど、厳しい状況なのだろう。

だが、この胸の苦しさは……

「なにも知らなければ良かったと思うのなら、忘れるか？」

胸の柔らかいところを暴かれた気がして、珠は息を呑む。

上げた視線が、灯佳の静かな眼差しと絡んだ。

灯佳はりん、と鈴の音を響かせながら、珠を覗《のぞ》き込んだ。

「そなたもずいぶん生きづらい生を送っていたのだろう？　銀市はそなたを真綿に包むように労《いたわ》っていたな。余計な苦しみを感じさせぬよう、一層大事にしておったのだろうな」

そうだ、と、珠は思う。子供で居る間、沢山甘やかしてもらった。申し訳ないと身を縮めながらも、確かに自分は心地よく感じた。

珠の本心がわかっているように、灯佳は優しく頷いた。

「今回も、余計な気をもませぬように、決着がついてから知らせようとしていたのだろうな。狂骨が駄目だったときは、そうだな、成仏したとでも語るつもりだったのだろう。何も知らなければ、そなたはかように苦しまず、平穏に銀古《ぎんこ》で過ごせただろうな」

銀市が珠に語らなかったのは、珠を気遣ってのことだと理解できる。

珠は銀市の厚意を無下にしたのだ。

りん、と鈴の音と共に灯佳が近づいてきて、珠の顎《あご》をとって上向かせた。

「そなたが望むのなら、過去の苦しい記憶も、狂骨の記憶とて忘れさせてやれる」

珠は魅入られたように、灯佳の美しいかんばせを見つめた。店からこぼれる電灯の影になっていて、表情はよく見えない。

「どうして、そのようなことを」

「心が揺れる苦しさは、知らぬ訳ではないからの。忘れて、一から始めるのも良い」

白皙《はくせき》の美貌《びぼう》には、神々が哀れんで垂らす慈悲のような色を感じた。

是と頷けば、その通りにしてくれると確信させるには充分だった。

灯佳という狐が、神の使いだと、珠ははっきりと意識した。

「さあ、どうする」

望みは何か。

この胸にある苦しみと、息苦しさすら覚える悲しみから逃げ出すことか。

「……いいえ」

か細いながらも確かな否定が、珠の唇からこぼれた。

軽く目を見開く灯佳の視線を感じながらも、珠はぎゅうと豪奢《ごうしゃ》な衣を握った。

この衣の重みは、贄《にえ》の子の衣装の重みに似ている。

真っ白で、豪奢で美しい衣だった。それを着て出て行くと、村人達にはうっとりとしたあこがれと羨望《せんぼう》と、感動の眼差《まなざ》しを向けられたのを覚えている。

だがどれだけ美しくとも、本当は着たくなかった。つぎあてだらけの衣で構わないから、裸足《はだし》で野山を駆け回りたかった。

本当の思いを、幼い自分は語れなかった。

けれど、今の珠は子供ではない。

語れる言葉も、どこへでも歩いて行ける体もある、大人なのだ。

銀市と、狂骨が子供の自分を受け入れてくれたからこそ、語る勇気を得られた。

「私は、苦しい、と感じています。狂骨さんが、居なくなるのが嫌です。銀市さんが狂骨さんを罰さなくてはいけなくなるのも嫌です。でも、知らなければ、銀古に帰られた銀市さんが、悲しんでいるかもしれないと気づけなかったでしょう」

珠は別れ際の銀市を思い返した。

銀市は覚悟をしているようだった。だが、鋼鉄の意志でねじ伏せているだけで、悲しみを抱えているのだとわかるものだった。いつも珠を守ってくれた銀市が、そんな顔をするのが衝撃だった。

珠は、人に非《あら》ざる者が見えるだけの人間だ。

狂骨が幼い珠を撫《な》でて癒《い》やしてくれたように。野分の夜、銀市が珠の恐怖に寄り添い、憂いを払ってくれたように。本当はできればよいけれど、今の珠にはそれすら難しい。

だからせめて、同じ出来事を覚えていたかった。

「私は、辛《つら》い立場にいる銀市さんに寄り添いたいんです。だから、忘れたくありません」

「そなた……」

珠が言い切ると灯佳が虚を衝《つ》かれた表情をする。

灯佳が口を開こうとした矢先、どこか遠くから鐘が聞こえた。

時を告げる鐘だ。次いで、拍子木の乾いた音が響く。

夜も更けて、冷えた空気が珠の熱くなった頬を撫でていった。

この拍子木が引け四つ、ひとまず店が閉まる合図だと、珠は狂骨の記憶で知っていた。

客と遊女の別れの音。珠は、もう狂骨と別れの言葉すら交わせないかもしれない。

にがく、苦しい気持ちがこぼれた。

「ただせめて、狂骨さんが何を恨んでいるのか、知りたかったです」

できるなら、知って、彼女にも寄り添いたかった。

その時、珠の体を悪寒に似た冷気が通り抜けた。

体がどっと重くなる。

「あ、え……？」

急な変化に珠は戸惑い、瞬《まばた》いたとたん。


激しい雨が降っていた。


立つのも難しいほどの風が着物をはためかせる。

いきなり雨が降り始めたのかと、珠は戸惑い顔をかばおうとしたが、体は動かない。

どころか口は勝手に動き、誰かと口論するようにしゃべっている。

動揺する珠だったが、この感覚を知っていた。狂骨の夢を見ていた時と同じだ。

目の前に居るのは、見知らぬ男だ。

刹那《せつな》、珠をすさまじい衝撃が襲った。

そのまま地に伏した珠を、叩《たた》きつけるような雨が降り注ぐ。

じくじくと頭が痛む。霞《かす》む視界に、男の長靴が映った。

珠はそれを知らないのに、珠は靴を見て激しい感情に襲われる。

一言では形容しがたい、悲しみ、動揺、混乱。だが、指一本動かせない。

それでも、珠は男を呼んでいた。

『(どう、して、栄太郎《えいたろう》さま)』

『……かすみ、俺にはまだ使命がある。邪魔をするならお前も切り捨てる』

珠の声に応じたように、男は冷めた声で答えた。

呼ばれた名に、珠は驚く。かすみ、つまり行方不明になった遊女の記憶なのだ。

同時に、珠はかすみの激情を感じる。

好きだったのに、愛していたのに。ただ幸せになりたいだけだったのに。

愛して欲しかった。せめて寄り添ってくれるだけで良かった。

だからあなたの言うことを何でも聞いた。

『死んだか。死体が上がれば、警察も吉原の組合も本腰を入れて調べ始める。それはまずい、とすると』

朦朧《もうろう》としてしゃべれないかすみが死んだと思ったのか、男は少し考えた後、無造作にその体を持ち上げる。百合《ゆり》の長着が、泥で黒く染まっていた。

すべて、この人のためだったのに。おかしな力を持った自分を受け入れてくれて、愛してくれて、必要としてくれた。初めてのことだったのだ。

だから、彼の役に立つのなら、大嫌いなこの力ももっとうまく使えるよう努力して。神に祈って。自分にはこの人だけだった。様々なことを見ないふりして。でも胎《はら》に彼の子が宿って。穢《けが》れ果てた身でも、望んで良いと許された気がした。

彼も、喜んでくれると、信じて。いたのに。

ばしゃんと、水の中に放り込まれたかすみの願いを塗りつぶしていくのは、すさまじい恨みの感情だ。

にじむ視界に、珠が見慣れた緋色《ひいろ》の襦袢《じゅばん》が翻った。

『執拗《しつよう》にあたしを呼んだのは、あんただね……ああ、嫌になるくらいあたしに似ている。こちらへ来れば、ただではすまないよ。恨みはいくらでも聞いてやるから……』

痛ましげに柳眉《りゅうび》をよせた狂骨は、かすみを宥《なだ》めようと語りかける。

かすみの心に広がるのは歓喜だ。

このまま自分は死ぬ。だが、朧太夫であれば、再びあの男の元に行ける。

すでに妄執の幽鬼と化したかすみは、腕を伸ばし、狂骨を捕まえた。

朧太夫に、願おう。祈ろう。呪おう。恨みを、すべて、すべて！

たとえ骨になろうと、魂が消え失《う》せようと、朧のように必ず舞い戻り迎えに行こう。

抵抗する狂骨だが、徐々にかすみに呑《の》まれていく。

この憎悪《うらみ》、はらさでおくべきか。

狂骨の中へ溶け消えたかすみは、歓喜する――……


パンッ、と手を叩かれて、珠は我に返る。

まるで全力疾走をした後のように息が上がっており、冷たい汗が背中をしたたり落ちるのを感じた。

目の前には手を打ち合わせた灯佳がいて、切れ長の眼差しを険しくしている。

「なにを見た」

ひどく端的な問いかけに、珠は引きずられるように答える。

「銀市さんが追っている遊女の、かすみに、なっていました。誰かに、振り払われて、頭を打って。死んだと思われたみたいで、広い水の中に放り込まれて。悔しさと悲しさと怒りでいっぱいになってました。そこに狂骨さんが現れて引き止めようとしたんですけど、恨みを晴らすために、狂骨さんに溶け込んで……」

「そなたは、死者の念に引きずられやすい。それはそなたではない。気を強く持て」

怖気《おぞけ》が這《は》い上がってくるのに、珠が自らを抱きしめて縮こまると、灯佳に強い言葉で言い聞かせられる。

珠は夢中で頷《うなず》いた。途中で自分ではないとわかっても、呑み込まれそうになったほど、強い感情だった。雨に打たれる冷たさもじくじくと痛む頭も、そして最後に放り込まれた水の息苦しさも生々しい。その中で、女が全身全霊をかけて狂骨に願っていた。

あまりにも悲痛で、溺れそうなほど激しい想いだった。

最後に見た、絢爛《けんらん》な打ち掛けを纏《まと》った女は、憎悪を抱えた骸骨《がいこつ》だ。

「化生を乗っ取り復讐《ふくしゅう》を遂げようとする気概は、あっぱれと言わんでもないが……わしにではなく、似た娘に同調するとはな」

憐憫《れんびん》に似た色を帯びた灯佳がなにかをつぶやいたが、動揺が収まらない珠にはうまく聞き取れなかった。

すぐに灯佳は珠を見る。

「娘ッ子、狂骨を助けられるのなら助けるな?」

「えっ」

「狂骨はかすみの恨みに引きずられているだけだ。外から刺激してやれば引き戻せよう」

「本当ですかっ！」

青天《せいてん》の霹靂《へきれき》のような提案に珠が前のめりになると、灯佳は珠の腕を摑《つか》んだ。

「時間がない。おそらく投げ込まれたのは吉原公園の池だ。花魁《おいらん》道中の目撃現場もそこだからの。恨む相手を死んだ場所……池に引きずり込まれればしまいだ。行くぞ」

「でも、銀市さんに……」

知らせなければ、という言葉は声にならず、灯佳に引きずられるように走り始める。

戸惑う珠の耳に、灯佳の鈴の音が性急に響いた。

＊

ピィ――と甲高い警笛が聞こえた西山は、すぐさま進路を変え、裏の小道に入った。

自分が、罠《わな》にはまった事実に歯嚙《が》みする。

朧太夫の噂《うわさ》に花魁道中が加わり、夜更けまで歩き回る野次馬が増えてから様子がおかしいと思っていた。

再び野次馬を遠ざけるために、不完全でも朧太夫を出現させなければならなかった。

かすみはもう居ない。だから金で雇った女に朧太夫に扮《ふん》させて、標的が驚いたところを気絶させる手はずだった。

だが、今日現れた男は、一瞬で偽りだと看破したのだ。

長身で、金の双眸《そうぼう》を険しく細めた男は、絵巻物でしか見ないような魑魅魍魎《ちみもうりょう》を従えて、西山の配下を瞬く間に捕まえていったのだ。

逃げられたのは自分だけだ。ぎり、と西山は奥歯を嚙《か》みしめる。

潤沢に得た資金で、己の大義を果たすために、活動を始めるはずだったのに。

しゃにむに走っていた西山だったが、首筋に今までにない怖気を感じる。

いつの間にか、開けた場所に辿《たど》り着いていた。

裏門付近にある公園だった。広々とした庭園の中に、大きな池がある。憩いの場として造られた公園は、日中は客や遊女が訪れるが、夜陰に沈む今は不気味に静かである。

来るつもりはなかった。西山は苛《いら》立《だ》ちを覚えながらもきびすを返そうとする。

夏の暑い盛りにもかかわらず、ひどく寒かった。

西山が思わず足を止めた瞬間、ぽう、と眼前に青白い明かりが二つ浮かんでいた。

独特の、引きずるような足音が響く。

あの嵐の後から、毎夜聞こえる音だ。

西山が明かりの方へと振り向くと、それは夜陰の中にもかかわらず鮮明に見えた。

先頭に並ぶのは提灯《ちょうちん》を持った男衆。後ろには新造が二人続いて華やぎを添え、花簪《はなかんざし》も愛らしい禿《かむろ》が二人、たばこ盆や三味線を持って付き従う。

だが、全員が骨の体をしており、頭部の骸骨は虚《うつ》ろな眼窩《がんか》を晒《さら》していたのだ。

大きな傘を差し掛けられた下に居るのは、絢爛《けんらん》な仕掛けを纏った花魁だった。

華やかな島田に結い上げた髪には鼈甲《べっこう》の簪を飾り付け、金糸銀糸をふんだんに使った帯を見せつけるように前に結ぶ。

黒紅色の仕掛けの褄《つま》模様には、阿鼻《あび》叫喚《きょうかん》の地獄絵図が広がっており、背に浮かぶ黄金の月を彩っている。袘《ふき》は血のように鮮やかな赤。

女は顔は白い骸骨にもかかわらず、艶麗《えんれい》さが匂い立つ。

それは、おぞましくとも美しい花魁道中だった。

西山は渇いた喉《のど》から声を絞り出す。

「朧太夫、か……」

花魁は仕掛けから黒塗りの高下駄《たかげた》を履いた骨の素足をざん、と投げ出した。

ずず、っと八文字を描くように回し、一歩踏み出す。

その一歩で、一気に、西山との距離が縮まった。

尋常ではない動きに、後ずさりしかけた西山だったが、逃げる前に腕を取られた。

まるで氷を纏った感触にぞうとしたが、同時にかすかな懐かしさを感じた。

冷気のような声が西山の耳に忍び込む。

『栄太郎さま……』

遠慮がちで、甘えを含んだ呼び方に、西山の感情がぐらりと揺れる。

西山の体は硬直して動かない。かろうじて眼球を上に動かすと、骨だったはずの朧が変わっており、目を見開く。

整っているにも拘らず、陰気な顔は、自分が殺したはずの——……

「かす、み」

『わっちは、ただ、幸せになりたかっただけ。子が、いればあなた様も……』

「それはならんのだ！」

西山は動けぬ体に活を入れ、女の手を振り払った。繰り言をする女に憎悪を向ける。

「俺にはせねばならぬ大義がある！　俺は同胞達の無念を晴らすまで、止めるわけにはいかんのだ！　ましてや子など邪魔だ！」

勢いのまま、西山はジャケットの内側に隠していた拳銃《けんじゅう》を抜き、朧に向けて撃つ。

普通の人間では明らかな致命傷のはずだが、かすみは倒れることはない。

かすみの顔から肌の肉が腐り落ち、虚《うつ》ろな頭蓋《ずがい》へと変じた。

西山は逃げようとするが、骨の遊女達に四肢を拘束された。

睥睨《へいげい》する朧太夫の頭蓋には表情がない。しかし、西山を見る眼窩は、煮詰めて凝《こご》らせたような、純度の高い悪意と恨みが籠もっている。

我知らず息を呑む西山の眼前で、朧太夫が愛おしげに、西山の手を取る。

西山は本来の朧太夫の噂を思い返す。

不義理を働いた男の嘘《うそ》をついた舌を切り、約束などできぬよう小指を折る。

そして死出の道中へ引きずり込むのだと。

おぞましく、美しい姿に絶望を覚える西山の耳元に、かすみの憎悪の声が響く。

『あな、うらめしや。栄太郎さま……』

ぱきり、軽い音と共に小指に激痛が走る。

そうか。連れて行かれるのか。

全身から、何かを吸い取られるような怖気が走り、西山は絶叫した。

意識を失った西山を骨の男衆に支えさせた朧太夫は、花魁道中を進めようとする。

「待て。狂骨！」

大音声が響くと同時、野分のような突風が吹いた。

場違いにさわやかな風に、道中が止まる。

特に男衆は西山を投げ出してその場に倒れ込んだ。

西山を引きずるように確保したのは銀市だ。

息を切らしなんとか追いついた銀市は、素早く西山の状態を確認する。

口の端から血がこぼれ死んだように青ざめてはいるが、か細く息があった。

「まだ、死んではいない」

限りなく厳しい判断だとわかっていながら、銀市は己に言い聞かせて朧太夫を見る。

突風の中で、一切微動だにしなかった彼女は、ゆうらりとこちらへ虚ろな眼窩を向けた。

眼差《まなざ》しには意思はなく、ただただ絡みつくような情念と悪意を発していた。

その状態を銀市は知っている。かつて吉原で恨みと怨念を振りまき、猛威を振るった真の朧太夫の姿だ。

「狂骨！　俺との約定を覚えているか！」

銀市の大声に朧は反応せず、離れた西山に対し、ふうわりと右手を上げる。

刹那《せつな》、朧の全身から闇のような靄《もや》が噴き出した。

黒い靄は幾人もの遊女の姿に凝り、一斉に襲いかかって来る。

銀市は、持ち込んでいた合口を抜き身で構えた。この遊女達はすべて、朧が取り込んだ遊女の怨念と悲しみが形を取ったものだ。切ることが供養になる。

彼女達が狙っているのはすべて西山だった。西山を奪われれば、銀市は狂骨を滅しなければならない。一度西山を安全圏に引き下げたい。

銀市は体格の良《い》い西山を左腕で抱えつつ、右手で握った合口で、遊女の一人を切った。

女は悲痛な顔で、銀市を恨めしげに睨《にら》むと消えていく。

心奪われないつもりであったが、わずかに動きが鈍る。

遊女の一体が銀市の腕に絡みついた。

触れられた部分から、彼女達の抱える怨念、情念、悲哀がなだれ込んできて、肌が粟立《あわだ》つ。朧が引き受け続けていた、女達の感情だ。

意識が呑《の》まれかけるがぐっと踏みとどまり、銀市は遊女を合口で振り払う。

しかし、遊女は波のように押し寄せて切れ間がない。

膨大さは狂骨が積み上げた善行であり、彼女が救った女の数だ。それだけの善行を積み、あと少しで狂骨として、意識を確立できるはずだった。

だからこそ、今の彼女が生者を恨み殺してしまえば、もう取り返しがつかない。

これが、最後だ。

「狂骨！　目を覚ませ！」

一度目、朧太夫はあまりに深い恨みに呑まれ、意識を消失していた。それを「狂骨」と定義づけることで、なんとか引き戻したのだ。今は噂に引きずられているのだろう。

銀市は遊女達を振り払うが、気の迷いが、動きの鈍さとなる。

とたん、遊女達が銀市の四肢に絡みついた。

体の力が抜けて銀市は膝《ひざ》をつく。緩んだ左手から、西山が遊女達によって楽しげに連れ去られていった。

朧太夫という妖怪《ようかい》として存在を確立しようとしているならば、朧太夫の逸話通り、不実な男を殺すだろう。

二度目は、見逃すことはできない。

銀市の声を聞いても反応しない現状、止めるのは難しい。

西山という客を得た花魁道中が、再び進んでいく。

ここで逃せば、朧太夫が野に解き放たれる。

銀市は諦観《ていかん》とやるせなさを腹の底に押し込め、奥歯を噛みしめた。髪が銀に戻って行き、四肢に本来の力が満ちていく。

今、仕留めるしかない。

銀市が遊女を振り払おうとした時、花魁《おいらん》道中に小柄な姿が割り込んだ。

転んだ拍子にひらと舞うのは、雲のようなかすみのような色彩の、白い振り袖《そで》だ。

色とりどりの撫子《なでしこ》が縫い取られているそれは、華やかでありながら愛らしい。

それを着ているのは、顔に化粧を施され初々しい色香を漂わせる娘だ。

ほころびかける花のつぼみのように慎《つつ》ましく、確かに匂い立つ美しさがある。

影の遊女達は道中を乱した娘を傍輩だと考えているのか反応せず、排除もしない。

だが、朧は、一瞬娘に手を差し伸べたような気がした。

花魁道中はすぐに池へと進み始める。

娘は、裾が乱れるのも構わず、まっすぐ恨みを纏《まと》う朧太夫に手を伸ばした。


「狂骨さんっ」

娘の横顔には、怯《おび》えも恐れもなく、ただ彼女に対する慕わしさと切望だけがあった。

それは、ここにいるはずのない娘の、だが、銀市も知らない意志のともった声。

「珠……!?」

なぜと、思う前に呼んだのは、彼女の名だった。

＊

灯佳は珠が転びかけても、止まらなかった。

珠が邪魔な裾《すそ》をつまんで、半ば走って辿り着いたのは、大きな池の前だ。

遭遇したのは、おぞましくも美しい花魁道中と、対峙《たいじ》する銀市だった。

もう寝静まる頃合いだったが、騒ぎは聞きつけられたようで、小道からは帰宅途中の酔客が覗《のぞ》き呆然《ぼうぜん》としている。彼らの様子から、花魁道中も骸骨《がいこつ》の遊女達もすべて見えているらしい。少なくない野次馬が悲鳴を上げるのに引きずられ、周囲の家屋から遊女や客も顔を覗かせる。

だが銀市は全く怯《ひる》まず、靄が凝ったような遊女達を次々と切り捨てて行く。

眼差しはまっすぐ、騒動の中心に居る黒紅色の仕掛けを纏った朧太夫を見据えていた。

珠は青白い提灯の浮かぶ中で、銀市の横顔が悲しげにゆがんでいるのに気づく。

大丈夫だと、あれだけやさしく珠に諭してくれた銀市もまた、苦しいのだ。

朧は影の遊女達が銀市と、傍らに居る男へと襲いかかるのを睥睨《へいげい》している。

銀市が遊女達に捕まり、銀市がかばっていた男が遊女達によって連れ去られる。

男を加えた花魁道中は再び進み始めた。先頭の箱提灯《はこぢょうちん》を持った骸骨が入って行くのは蓮《はす》が群生した池だ。水面《みなも》は夜の闇よりも濃く光も通さず、黄泉路《よみじ》へ続くと語られれば納得するおぞましさを感じさせた。

朧の骸骨の顔は表情を読み取ることが困難だ。だが見ているだけで、肌が粟立つような憎悪がある。もうそこに、珠に寄り添ってくれた狂骨は居ないのだろうか。このまま、見届けることしかできないのだろうか。

後ずさりかける珠の肩を摑《つか》んだのは、灯佳だ。

「頼む」

ひときわ大きく鈴の音が響く。

珠の背中がどんっと、強く押された。

視界の隅に見えたのは、切れ長の眼差しを苦しげに歪めた灯佳だ。

背を押された勢いだけでなく、珠の足は勝手に走り、花魁道中へ迫る。

ようやく体の自由が戻ったとたん、花魁道中のただ中で転んだ。

「きゃっ」

影の遊女は、不思議と襲っては来なかった。

けれど、美しい黒紅の裾が珠の視界に入った。

顔を上げると、骨の手が珠に向けて差し伸べられている。

とっさに出てしまった、とでも言うような手はすぐに下ろされ、彼女は興味をなくしたように花魁道中を進める。

だが、珠には虚《うつ》ろな頭蓋の顔が焦り、動揺していた気がした。

彼女は、珠を案じて手を伸ばしてくれたのだ。

熱い想いが湧き上がる。熱が四肢に力をもたらす。

珠は重い着物を引きずり立ち上がると、今にも池に入ろうとする彼女へ駆けだした。

ただまっすぐ、引き止めたいひと、狂骨へ走る。

「狂骨さんっ……！」

叫んだ珠は、自分の気持ちをはっきりと自覚した。

珠もまた狂骨を失いたくない。銀市に狂骨を殺して欲しくない。あのような姿をしている狂骨でいて欲しくない。

子供では、守られるだけだ。蚊帳《かや》の向こう側で、なにも知らされずにいるだけ。

だが、今の珠は、大人なのだ。

「珠っ……!?」

銀市の声が響く中、最後の距離を稼ぐため珠は重い衣のまま飛び、狂骨へ手を伸ばす。

「狂骨さんっ！」

再び、呼ぶ。

狂骨の背に抱きつき体に触れたとたん、珠の体がぐらりとかしぐ。
かすみの記憶を見たときのように、いやそれ以上に強い悪寒と冷気が珠に襲いかかる。
背筋がぞくぞくと震えるけして気持ち良くない感覚を、珠は受け入れた。
狂骨の事を想いながら目をつぶると、体の輪郭が曖昧《あいまい》になる。
どこかで水音を聞きながら、珠の意識は溶けていく――……

＊

『……さまっ。あたしの子供を堕ろすよう頼んだのは、本当なの！』
狂骨の激しい詰問口調に、珠が目を見開くと、そこは記憶の中の世界だった。
だが、細部は違うものの、場所は銀古の屋敷……おそらく居間だった。
そこで対峙《たいじ》して言い争っているのは男と女だ。
男の方は顔に靄がかったように見えないが、女は地味な着物を着た狂骨である。
それを珠は縁側から見つめていた。
女は鬼気迫る形相で問い詰めるが、男は困惑していた。
『当たり前じゃないか。子など産んだら、君の美しさが損なわれるんだから』
あっさり認められ、女は愕然《がくぜん》としてよろめく。

当たり前だと、そう言ったのか。子を一人、殺すことを。平然と。

『たった、それだ、け？　それだけで、楼主に頼んであたしにほおずきの根を煎じて飲ませたのも、転ばせて堕《お》ろさせようとしたのも？』

『そうだよ。だって楼主には品物を完全な形で引き渡す義務がある。君の美しさは宝なのだよ、なにも損なわれてはいけないんだ』

『あ、あた、しは、ただあなたと所帯をもってと思って……子を産んで、あなたの子と幸せになれると……』

『誰の子かわからないじゃないか』

呆然とする女に、男はごく不思議そうにしながらも、顔をしかめた。

『お前は私の物になったのだろう？　ならば私の言うことを聞くのが当然じゃないか。だって……お前はただの女郎なのだから』

女の顔から表情がごっそり抜け落ちる。しかし男は安心させるように笑いかけた。

『私は良家の妻《めと》を娶って跡取りをもうける。お前は私と情をかわして癒《い》やしてくれれば良い。なにも憂うことはないさ。朧、ここでなにも考えず、私と共に居ておくれ』

いつも通り男が甘やかすように抱きしめようとしてくるのを、女は振り払った。

珠にまで、不思議と彼女の中に荒々しく渦巻く感情がなだれ込んでくる。

可愛がっていた新造から、密《ひそ》かに届けられた手紙を読んだときは信じられなかった。

手紙にはずっと楼主に脅されていて、語る時機を逸してしまった謝罪と共に、立ち聞きした、楼主と男の密談の内容が綴《つづ》られていた。

曰《いわ》く、自分に引き渡す前に、胎《はら》の子は堕ろさせるようにと。しかし、本人には知らせずに、偶然を装うこと。そのために必要な物品は届けさせるとまで語っていたという。

女はほとんど色を売らなかった。男と情をかわしてからは、気風《きっぷ》と愛想、そして芸を売っていた。だから、間違いなく胎の子の父は男だった。

初めて打ち明けた時も、男は素直に理解を示してくれていたのに。

アレは、偽りだったと言うことか。子の話をするたびに、曖昧な表情をしていたのも、いずれ堕ろす子だったから。穢《けが》れた身で、望んではならぬと、そう語るのか。

女の顔が般若《はんにゃ》に変わる。

すべてが、憎い。楼主も、嘲弄《ちょうろう》していただろう同輩も、このような知らせをしてくれた新造ですら憎い。

なによりこの男が、憎い。

『……出て行くよ。妓楼《ぎろう》に戻る！　年季明けまであと二年だったんだ。ここに居るくらいだったら、あっちの方がずっとマシだ！』

足音も荒々しく自室へ去って行こうとする女を、男は気色ばんで止めようとする。

『おい、朧！　もう私のものなんだ、勝手を……』

『うるさいっ。あたしにはちゃんと意思があるんだよ！　お人形なんかじゃない！』

たちまち荒々しくもみ合う二人だったが、男が女を強く突き飛ばしたとたん、女の体が縁側から虚空へと投げ出される。

嫌な音が響いた。

男が目に見えて狼狽《うろた》える。女には未《いま》だに意識があるのに、男は気づかない。やがて男は、悪態をつきながら、女の手足を縛り、重石《おもし》を付け始めた。

珠が思わず止めようと手を伸ばしても、男の体をすり抜けてしまう。

それでも諦《あきら》めきれず、珠は男が縛った女を引きずっていくのを追いかけた。

無情にも、男はそのまま女を井戸へと落としてしまった。


「こんな所まで、きちゃって。どうするの？」

ぼちゃん、と激しい水音を呆然と聞いていた珠は、その声に顔を上げる。

晴天の青と黄昏《たそがれ》色と紺碧《こんぺき》の夜色が混ざる空は、昼とも夜ともつかない。

現実みのない世界で、いつの間にか、井戸の縁に腰掛けているのは、珠が見慣れた緋襦《ひじゅ》袢《ばん》姿の狂骨だった。

結い上げられた髪には、バチ形の簪《かんざし》が挿さっている。

ふらりふらりと足を揺らすさまは、まるでいつもの日常が戻ってきたようだ。

そうではないのは、その姿に重なるように見える骨の姿や、去って行く男を見つめる狂骨の眼差《まなざ》しで理解していた。

瞳《ひとみ》に揺蕩《たゆた》うのは、珠には理解できない憎悪とも哀愁とも恋情ともつかない深い情念だ。

どう、声をかけるべきか珠が迷っている間に、狂骨はいっそ不気味なほど穏やかに己の胎を撫《な》でた。

「ただ、ね。子供を産んで、育てたかっただけなのよ」

その愛《いと》おしげな表情に、珠の胸がずくりと痛む。

「可愛がって、愛して、時々は叱るだろうけど、うんと甘やかして。幸せにしてやりたかった。そしたらあたしも幸せになれると思ってた。それは本当なの。でもね、あたしはここに落ちたとき」

すり、と狂骨は井戸の縁を撫でる。

「胎に居た子供を忘れて、すべてを恨んだんだよ。……子供を幸せにしてやりたかったと思い出したのは、関わっていた人間を全員殺した後だった」

「だから、お子さんへの、供養をしようと思ったんですか」

重い口を動かして、珠が問うと狂骨が初めて珠を見た。

「そうだよ。あの子には何の罪もないんだ。せめて浄土へいけるようにね。そうしたら、あたしも少しは安らかに地獄へいけるんじゃないかってね……でも、だめだった」

地へ落ちるような深いため息を吐き、狂骨はすり切れた疲れを見せながら笑みのようなものを浮かべた。

「あたしには、この恨みも、憎しみも、捨てられなかったの。かすみの愛おしくて恨めしいって想いに呑《の》まれた位にはね。当然だと、思っちゃったんだよ。……もう、疲れた」

狂骨の瞳で熾火《おきび》のように燃えさかる激しい感情を垣間見《かいまみ》て、珠は一歩後ずさる。

そこまで、他人を想い、恨む感情を珠はわからない。だが抱えきれず、身のうちから溢《あふ》れ出してしまうほどのそれは、途方もないことだけは感じられた。息が苦しい。

胸を握る珠に対し、狂骨は穏やかに微笑《ほほえ》んだ。

「迷惑をかけてごめんね。もうヌシ様にも申し訳ないし、かすみの恨みだけは引き受けて逝く。あんまりにもあたしに似ていたもんだから、引きずられてるんだ。あたしが帰れば、暴れちまうだろうしね」

「おわ、かれ、なのですか」

か細い珠の問いに、狂骨は立ち上がることで答えた。

「あんたも、早くここを離れるんだよ」

珠は大きく喘《あえ》ぐように呼吸をした。

狂骨はもう、決めてしまっている。彼女が厳しいと語っているのだから、ただ迷惑をかけるべきではない。帰れと望まれたのだから、帰るべきだ。

だが珠の胸がぎゅうと引き絞られるように痛むのだ。

自分は狂骨の子供ではない。

けれど、珠は狂骨が好きだった。彼女はやさしく可愛がって、愛して、甘やかして、慈しんでくれた。

遠くから眺めるだけだった、子供として愛されることを、珠に教えてくれたのだ。

「狂骨、さん」

三度《みたび》、呼ぶ。

珠は一歩、狂骨へ踏み出す。

そのまま、井戸の傍らにいる骨の狂骨の衣を摑《つか》んだ。指先でつまめる程度。それが、珠の限界だったが、狂骨は戸惑っていた。

珠は震える声を絞り出した。

「私は狂骨さんの、子供じゃないけど。まだ、狂骨さんと一緒に居たいんです」

これは、今までの珠からすれば、悪いことだ。

駄目だと、わかっている。困らせるだけだと知っている。

でも、このまま別れとなるのは嫌なのだ。

珠はこぼれそうになる涙を必死に堪《こら》えて、狂骨を見上げた。

「……いて、ください」

小さく、か細く、けれど確かにそう口にした珠に、狂骨は息を呑む。

珠を凝視していた虚《うつ》ろな骨の顔に、人の顔が戻る。

化粧っ気のない美しい狂骨のかんばせが、くしゃりとゆがんだ。

「馬鹿だねえ……珠ちゃん。ほんと、ばかだ。こんな所で初めてわがままを言うなんて」

確かにそうだ、これは珠のわがままだ。珠にはなにも差し出せるものがないのに、一方的に願っているだけ。

けれど、珠の体は確かな感触にふわりと包まれる。

狂骨に抱きしめられていた。

「狂骨さん……？」

戸惑いながら見上げると、ぽたぽたと雫《しずく》が頬に落ちてきた。

珠の涙ではない。狂骨が顔をゆがめて泣いていたのだ。

「ただ、罪を償って朽ちていくだけのはずなのに、珠ちゃんが来てくれた。……死んだはずなのに、あたしは、珠ちゃんのおかげでずっと味わいたかったものを得られたんだ」

狂骨の手が愛おしげに、珠の頬を撫でた。

「不甲斐《ふがい》ないあたしを全部知ってても。まだ親だって、思ってくれるのかい？」

珠は今度こそ、狂骨の襦袢《じゅばん》をしっかりと握った。うまく言葉が出てこない分だけ、願いを込めて衣を握りしめ、大きく頷《うなず》く。

狂骨は破顔した。

「なら、自分の子供のわがままくらい、聞いてやらなきゃねえ」

明確な狂骨の答えに、珠の心が喜びに染まり、鼻の奥がつんと痛む。

ふわりと、狂骨と珠の間に冷涼な風が吹き抜けた。

狂骨からぽうと燐光《りんこう》がこぼれたかと思うと、ぼんやりとだが人の形を取っていく。

女の姿だ。美しいがどこかもの悲しげで諦めを帯びた面差しをした彼女だったが、珠と目が合うと緩む。その表情は、狂骨の子を想う母の慈しみに似ていて。

あ、と珠が声を上げる間もなく、虚空へ溶けるように消えた。

同じように見送った狂骨が、安堵《あんど》のにじむ声で言った。

「かすみの念も、怨霊にならず成仏したみたいだね。あの子も誰かに受け入れて欲しかっただけなんだ」

かすみの最期を知っている珠もまた、ほっとした。嬉《うれ》しくてなんだか苦しい。

狂骨の手の感触に熱はなく、空気が撫でるような、ささやかなものだ。だがしかし、珠にとってはずっと欲しかった心地よさだった。

浸っていた珠だったが、徐々に苦しさが鮮明になり、自分の喉《のど》を押さえる。

「どうかしたの？」

「いき、が、くるしく……」

珠の異変に気づいた狂骨が覗《のぞ》き込んできたが、うまく答えられない。

それでも、大丈夫と答えようとした矢先、珠の足下《あしもと》が崩れた。

「珠ちゃんっ！」

狂骨がとっさに支えようとしてくれるが、珠の体は狂骨の腕をすり抜け落ちた。

わずかな浮遊感の後、珠は暗い水中に投げ出された。水を吸い重くなった衣が手足に絡みつき、体を縛る。溺《おぼ》れているのだと頭の隅で理解したが、それも水に呑まれる。

息苦しさは増すばかりで、頭の芯が曖昧《あいまい》になり、意識がかすむ。

開いた口から、ごぽりと泡がこぼれた。

声すら、出せない。もう、なにも感じない。

暗く、冷たい、水の底で、最後の感覚が溶けていく。


唇に、熱が灯《とも》った。


とたん、全身を支配していた重苦しさが押し流された。

かすかな音が聞こえた気がして、意識がわずかに浮上する。


『……珠貴《たまき》っ』

それは、自分の名ではなかったか。

隠すように願われ、その通りにした。自分の真の名だ。

名を呼ぶ声は、いつも自分を救ってくれる人のものだ。

だが、いつもと違い、縋《すが》るような哀切と懇願がにじんでいた。

こんな声を出す人だったか。戸惑いながらも耳を澄ませたとたん、鮮明に響いた。

『珠貴！　俺の元に戻ってこいっ』

全身を包む温かい感触に、珠の体の芯が震える。そのような声をさせたくない。

自分は珠貴だ。そして、この人の元へ戻らなければならない。

着物の絡んだ重い腕を必死に動かす。

この人は――……

そう、考えた刹那《せつな》、急激に珠の意識が引き上げられた。

全身に重だるさを感じる。全身に重石を載せられたような倦怠《けんたい》感と同時に、珠は唇に押し当てられているものに気づいた。

温かく、柔らかい。水底で感じた熱だと悟った珠は、なんとか重い瞼《まぶた》を上げる。

唇が触れ合いそうなほど間近に、銀市の顔があった。

髪色が戻っており、濡《ぬ》れた銀の髪が頰に張り付いている。今、銀市に抱きかかえられているのだと、ぼんやりと理解した。

そして、押し当てられていたのは、銀市の唇だったことも。

珠が茫洋《ぼうよう》と見上げると、焦燥を帯びた銀市が、金の双眸《そうぼう》で覗き込んでくる。

「珠貴、俺がわかるか」

「ぎん、いち、さん……」

珠がなんとか返すと、銀市の表情が一気に安堵に染まった。

強く腕に囲われる。彼が吐いた息は、ひどく深い。

力の強さに、珠はうまく回らない思考の中で混乱していると、銀市が口を開いた。

「君は狂骨と共に池に落ちて、溺れたんだ。引き上げた時には息が止まりかけていた」

珠は自身が着ている振り袖《そで》がずぶ濡れだと思い至った。銀市も同じように濡れているのは、珠を引き上げてくれたからだろう。今もぽたぽたと雫がしたたり落ちていた。

だが、それよりも珠は重い腕を上げて、銀市の腕を握った。

「狂骨、さんは……」

縋るように問いかければ、銀市は表情を和らげた。

「正気を取り戻している。力尽きて休んでいるが、大丈夫だ」

その力強い言葉に、珠は銀市の感情を推し量るために必死に覗き込む。

「なら……銀市さんは狂骨さんを消滅させないで済みますか。悲しまれ、ませんか」

再び襲ってくる睡魔に似た重だるさに抗《あらが》い、珠が必死に瞼を上げていると、霞《かす》む視界で、銀市はかすかに目を見開く。

「こんな無茶をしたのは、俺のためか」

銀市が、密《ひそ》かにつぶやいた声は、珠にはうまく聞こえなかった。

ただ、伝えなくてはと、珠は重い舌を必死に動かして言葉を紡ぐ。

「狂骨、さんは、かすみ、さんに、乗っ取られていた、だけで。かすみさんは、大事なひとに、ころされて、しまって……。狂骨、さんは、ころして、なくて……」

うまく言葉が選べず、珠がもどかしく感じている途中に、ぐっと抱き寄せられた。

銀市の胸にかき抱かれて、胸越しに彼の少し速い心音を聞く。

呆然《ぼうぜん》としていると、銀市は、金色の双眸を細め、彼には珍しく微笑した。

「……ああ。今回の騒動の原因は狂骨ではない。また、あの屋敷に戻れるさ」

明確な答えに、珠はどっと安堵を覚えたとたん、急速な眠気に襲われる。

「眠ると良い、目が覚めれば、元通りだ」

銀市のやさしい声に珠の意識は遠のいていく。

彼も笑っている。安堵しているのもわかる。

ただ、銀市からぽたぽたとしたたり落ちる雫が、なぜか涙に見えた気がした。

終章　芽ぐむ乙女と秘める者

蟬《せみ》の鳴き声が響く中、珠《たま》は首筋に汗が伝うのを感じた。

夏の暑さが本格的になり、日差しは目がくらみそうなほど鮮烈だ。

薄物の着物でも、やはり少々暑い。

八百屋の軒先で、珠が色濃い影を眺めていると、同じように買い物に来ていた女達の声が聞こえてきた。

「ねえ、聞いたかい？　吉原《よしわら》で大捕物があったって！　なんでも行方不明になってた花魁《おいらん》を殺した男らしいじゃないか」

「号外も出てたねぇ。公園の池に飛び込んで逃げようとしたのに、溺《おぼ》れかけたんだろう？　間抜けだよね」

「花魁道中を見たって語る人まで居るらしいね。男が阿片《あへん》でも撒《ま》いたんじゃないかって噂《うわさ》もあるし、まあ迷惑な話だよ」

心当たりがある珠が少し身を硬くすると、ひょいと八百屋の女将《おかみ》である松《まつ》が顔を出す。

「珠ちゃん、聞きたくなけりゃこっちおいで」

「すみません、……お邪魔します」

気づかれてしまった決まり悪さを覚えつつも、珠は厚意に甘えて店の奥へと入った。

吉原での一件が正確に広まっておらず、安堵していたとは言えないため、曖昧《あいまい》な表情を浮かべるだけに留《とど》めた。

銀市《ぎんいち》は遊女かすみを殺した犯人を捕縛したらしい。あれだけの騒ぎだ、新聞に載ってしまったが、裏から手を回したのかあそこには珠も銀市もいなかったことになっていた。

そして派手な話に興味が移ったのか、朧太夫《おぼろだゆう》の噂は急速に下火になっている。数日経った今では、人を襲って回った朧太夫の噂は全く聞かなくなっていた。

そのことに心の底からほっとした。

珠が願った日常が戻りつつある。

けれど、ほんの少しだけ変わったこともあるのだと、自覚していた。

珠が銀古《ぎんこ》へ帰宅すると、風鈴が風に揺れ、ちりんと涼やかな音色で涼を運んでくる。

台所へ荷物を置きに向かう前に、珠がしばし聴き入っていると、視界の端に白くふわふわしたものが横切った。

毛羽毛現《けうけげん》に似ている気がした珠は、即座に追いかける。

以前に見たものより、少し小さい気がしたが、それでも見過ごせるものではない。

ふわふわと頼りないそれは、縁側から庭の方へ向かってしまった。

下駄《げた》を履き直すまでには時間がかかる。

珠はわずかにためらったが、井戸に居る緋襦袢《ひじゅばん》姿の人影を見つけた。

息を吸って、声に出した。

「狂骨《きょうこつ》さんっ。手伝ってくださいっ。毛羽毛現を捕まえたいんです！」

呼びかけたとたん、狂骨はくるりと振り向き快活に応じた。

『あいよ、任せといて！』

井戸の縁から立ち上がった狂骨は、庭を横切ろうとする白いものへ立ちはだかる。

『あれ、こいつは……』

狂骨が目を見開いていたが、下駄を突っかけた珠は、右往左往している白い毛玉状のものに飛びついた。

「つか、まえ、たっ！」

手の中に握り込めた珠は、やり遂げた気分で、狂骨を見上げる。

「ありがとうございます」

『ん、どういたしましてだよ』

彼女に笑まれた珠は、つられるように口元を緩ませた。

だが、狂骨の状態を知っている珠は、次いで問いかける。

「もう、起きられるようになったんですか」

『前よりはまだぼんやりしてる時間は多いけどね。なんてことはないよ。心配かけたね』

狂骨に頭を撫《な》でられた珠は、胸の奥がくすぐったくなるのを感じた。

彼女は騒動で疲れ切った様子だったが、再び朧太夫に変じることはなく過ごしている。

「あの、やっぱりおうちに入るのは、おいやですか」

珠はもう、この家が狂骨にとってひどく忌まわしい場所であると知っている。

案の定、狂骨はほんのりと笑みを乗せて頷《うなず》いた。

『うん。まだね、よっぽどのことがない限りは入るつもりはないよ。井戸《ここ》があたしの場所だ。その家は、あたしにとって吉原と同じ、檻《おり》なんだよ』

言葉とは裏腹に、狂骨の表情はひどく穏やかだった。

庭先から銀古の家屋を眺め、目を細める。

『朽ちていけば良いのに恨みが許さなくてねえ。幽霊屋敷だなんて呼ばれて取りつぶされそうになったところを、ヌシ様がこの家を土地ごと買ったのさ』

初めて聞く話に、珠が目をぱちくりとさせると、狂骨がおかしそうに続けた。

『しかも「店にしたいから改装しても良いか」とあたしにお伺いを立てて来たもんだ。こんなめんどくさい屋敷じゃなくても、もっと良いところを選べただろうにさ。「人が居れば気が紛れるだろう」ってあたしが向き合えるまでの時間をくれたのさ』

「だから、ここがお店になったのですか」

『全部が全部理由じゃないだろうけどね。二階が付いたのも、そのときだよ。アレは瑠璃《るり》子《こ》のお願いだったねえ。「こんな昔の過ちにこだわってる方が不毛よ！」ってまあすごい剣幕で。あの時は本性の瑠璃子と取っ組み合いの喧嘩《けんか》をしたもんだよ』

「けんか……」

珠は思わず息を呑《の》んだが、狂骨に屈託はない。

『ゆっくりゆっくり、過ごしてさ。だんだん妖怪《ひと》が増えて、賑《にぎ》やかになって、珠ちゃんも来て。居心地の好《よ》さも感じて』

狂骨はしみじみと、にじむような笑みを浮かべた。

『いつの間にか、ここがあたしの帰る場所になってたんだねえ』

肩の力が抜けた彼女の笑顔の美しさに、珠はしばし見惚《みと》れた。

銀古の屋敷を見上げていた狂骨が珠を向く。

『何だかんだ、帰ってきて良かったと思うよ。ヌシ様に怒られて落ち込んだだろうけど、ありがとうね』

「い、いえ……銀市さんが、怒るのは当然ですし。もう、いいんです……」

それ以上言葉にならず珠はうつむく。

狂骨が珠のわがままを聞いてくれなければ、こうはならなかった。だから、感謝すべきは珠なのだ。なのに我を通して礼を言われて、どう受け止めて良いかわからない。

だが珠は、両手の中に握ったものを思い出し慌てた。

「あっあの、捕まえたは良いんですが、毛羽毛現をどうしましょう」

『そのことだけど、こいつは前に珠ちゃんが苦労してた奴とは違うみたいだよ？』

「えっ」

狂骨の言に珠が両手の間から覗《のぞ》こうとすると、縁側から声をかけられた。

「珠、こちらに白いものが来ていなかったか」

かすかに自分が強《こわ》ばるのを覚える。それでも珠は振り返ると、着流し姿の銀市が居た。

狂骨がちょうど良かったと説明してくれる。

『ヌシ様、それならあたし達で捕まえたよ。毛羽毛現かと思ったけど違うみたいだね？』

「はい。ええとこれ、なのですが」

銀市に目を向けられて、珠は少しぎこちなくなりながら手を広げて見せる。

手の中に居たのは、雀《すずめ》くらいの大きさの真っ白なふわふわとした塊だった。

毛羽毛現のような湿っぽさは少なく、似ても似つかない。

珠が目を丸くしていると、銀市もまた覗き込んでやはり、という顔をした。

「ケサランパサランだな。先日の雷で生じたのかもしれんな。これは、雷の落ちた先でよく見られるというから」

『ケサランパサランは幸運を運んできてくれるんだっけ？　やったじゃない！』

「ありがとう、ございます……？」

狂骨に肩を叩《たた》かれたが、珠は視線をうろ、とさまよわせる。どうしても、銀市を真正面から見られない。

平静を装っていた銀市も、さすがに珠の異変を無視はできなかったらしい。眉根《まゆね》を寄せて少し申し訳なさそうにする。

「その、だな。君を怯《おび》えさせるつもりはなかったんだ」

銀市にまで気を遣われてしまった珠は、消沈してうつむいた。

そう、吉原から屋敷へ戻ってきた珠は、目覚めたのち、銀市に膝《ひざ》を詰めて叱責《しっせき》された。

家に帰るという約束を破り、狂骨のもとへと飛びこんだのだから、当然のことだ。しかも珠は途中で意識を失い、屋敷まで運ばれてしまった。

今回の珠は、身勝手な振る舞いで、とてつもなく迷惑をかけたのだ。

「むしろ、私を叩きもせず、納屋などに閉じ込めず、しかもお給料を減らしもしませんでした。言葉だけで叱責をされる銀市さんは、とてもお優しいです」

「それはただの暴力だろうに……いや俺が言葉で語るのも、君がきちんと受け入れてくれるからこそ、なのだが」

「ですが、今までの職場よりもずっと環境が良いことにかまけて、気が抜けてたと改めて考えました。以後はこのようなことがないようにいたします」

銀市が困惑を浮かべる中、珠は今ひとたび頭をさげた。

自主的にお給料を返上すべきだろうか。頭を下げながら考えていると、いつの間にかしゃがみ込んでいた狂骨と目が合った。

『ヌシ様が言いたいのはね、そうじゃないんだよ。珠ちゃんの無茶で助けられたあたしが言えた義理じゃないんだけどさ』

「どういうこと、でしょう」

なにか、珠が思い至れないことがあるのだろうか。すると、狂骨にひょいと手を伸ばされて撫でられた。

『珠ちゃんはあの時、死にかけてたんだよ。ヌシ様は肝が潰《つぶ》れそうなほど心配をしたんだ。だからね、今回怒られたのは、約束を破ったことよりも、自分の危険を顧みなかったことに対してなんだよ』

狂骨の言葉に、珠はあの夜の銀市を鮮明に思い出す。

はっと顔を上げると、銀市は少し面喰《く》らったように狂骨を見ていた。

『ね、ヌシ様、そうだろう？　ちゃんと言葉にして言ったの？』

「そう、だな。言っていなかったかもしれん」

銀市は、珠に向き直る。

「今回は、丸く収まった。だが、素直に喜んではいけないと厳しくしてしまった部分はある。……息が止まった気がしたんだ」

その、腹の底から吐き出されるような重みに、珠の胸がそくりと震える。

「本当に、無事で良かった」

銀市の声に宿る、平静を装いながらも、にじむような安堵《あんど》が伝わってきて、珠の体に染み込んでいく気がした。

珠は銀市を、沢山心配させたのだ。

心配を、してもらったのだ。

ようやく腑《ふ》に落ちたとたん、じんわりと胸が昂揚《こうよう》する。

同時にどうしようと、珠は途方に暮れた。

「ごめんなさい。やっぱり私は、もう少し反省すべきです」

『珠ちゃん、そんな気負わなくったって』

「だって、こんな……心配されるのが、嬉《うれ》しいだなんて」

心配は、させてはいけないものだ、なのに矛盾している。

目を丸くする銀市と狂骨の視線から逃れたくて視線を逸《そ》らす。これでは全く反省していないのと同じではないか。

「珠」

銀市の声に呼ばれて、悄然《しょうぜん》とする珠はおずおずと見上げる。

呆《あき》れても怒ってもいない柔らかい眼差《まなざ》しで、銀市は語った。

「君はもう、大いに反省しているのだろう？　次は慎重に行動すると約束してくれたな」

「は、はい。もちろんです」

「ならば充分だ。以前の君なら、うまくできなかったことを戒めるだけだっただろう。だが、嬉しいと感じるのは、心配する俺達の気持ちを受け止めてくれたということでもある。良《い》いことだと俺は思う」

珠ははちり、と瞬《まばた》いた。

「嬉しいと感じても、良いのですか」

「ああ。もちろん心配させないで欲しいとは思うが……君の心に俺が住んでいる証《あか》しだ。その心は、嬉しいよ」

淡く笑む銀市に、硬直していた珠も緩んだ。

そして、今までとは違う面持ちで珠は謝罪を口にした。

「心配させてしまって、ごめんなさい」

「ああ、俺も悪かった。狂骨を引き戻した君は、大手柄だったのだからな」

銀市の謝罪も、珠は素直に受け入れられた。ようやくちゃんと、銀市の気持ちがわかった気がして、また心が華やぐ。この人が悲しまずに本当に良かったと、改めて感じた。

とくん、と胸が鳴った。

「……？」

珠は妙な感触に小首をかしげたが、狂骨の声に紛れた。

『もちろんあたしも、ない肝が潰れそうなほど心配したからね』

「狂骨さんも、心配させてごめんなさい。ですが私もとっても心配しました」

『おや、一本取られたねえ』

狂骨が決まり悪そうにするのに、珠は自然と口元がほころぶ。

だが、手にケサランパサランを持ったままなのを思い出した。

「そうでした。ケサランパサラン、瑠璃子さんが飼いたがっていらっしゃったので、箱を作って参りますね」

銀市達と別れて、珠は二階の自室へ向かう。

空き箱にケサランパサランを移した珠は、ふと自分の唇をなぞった。

唇を合わせた理由は、離れかけていた珠の魂を肉体に押しとどめるための、呪《まじな》いだったと銀市に説明されていた。

嫁入り前の娘に、無体を働いてすまなかったと謝罪もされている。そこまでさせてしまうほど、危うい状況だったのだと、珠は改めて実感する。

でも、相手が銀市で良かった。

とくん。

またた、と珠は胸に手を当てる。

なんだか最近、鼓動が速くなることが多い。すぐに収まるし、体調が悪くなるわけでもないから、病気ではないと思うのだが。

「いったい、何なのでしょう……」

箱の中では、優美にケサランパサランがふわふわと浮いている。

珠は自分の奇妙な変化に、首をかしげたのだった。

＊

珠が去って行く背を見送った銀市は、安堵のため息を吐く。

言い聞かせなければならない部分もあったとはいえ、自分もまだ感情的になってしまいやすい時期だったと思う。狂骨に指摘された通り、うまく伝えられていなかったが、珠には理解してもらえたようだ。

気がかりが解ければ、残るのはかすかな喜びだ。

珠の一連の行動は、間違いなく彼女のわがままだった。彼女はそうして自分の意思を主張できる所まで来たのだ。出会った頃に比べれば驚くほどの変化であり、成長だった。

彼女が居た環境がいかに過酷だったかという示唆でもあったが、同時に本来の姿が徐々に表へ出始めているのだろう。

それは、目が覚めるように鮮やかで。

人、というのは、それだけ早く時を歩み変化していくものなのだと改めて実感した。

狂骨と別れた銀市は、店に戻る。

土間から一つ上がった板の間に腰掛ける先客がいた。

幼い姿で煙管《キセル》をくゆらせているのは、髪から長着、袴《はかま》まで全身が真っ白の灯佳《とうか》だ。

あたりには香ばしさの中に、馥郁《ふくいく》とした深みのある香りが広がる。

「灯佳殿、その姿で煙草《たばこ》は目立つぞ」

「大事ない、人払いはしているからな」

灯佳の「人払い」は確実に人が来ないものだ。

「営業時間中だから、それも困るのだがな……」

そこまでされれば、これ以上の苦言も呈せない。

銀市もまた、彼とは腰を据えて話さなければならないと考えていたから都合が良い。出向いてきたということは、灯佳もまたその腹づもりなのだろう。

銀市は板の間の定位置に陣取ると、たばこ盆を引き寄せる灯佳に切り出した。

「かすみに術を授けたのはあなただな」

灰吹きに灰が落とされる。こちらを向いた灯佳の表情は、いたずらがバレたような、しまったという笑みを浮かべていた。

「おや、ばれたか」

「あからさまだっただろうに」

微笑《ほほえ》むばかりの灯佳に、銀市は彼に術を教授された時のように、回答を語っていった。

「かすみの村には、昔狐の嫁が現れ、子を残して消えた話が残されていた。彼女は狐の先祖返りだろう。しかし、独学で覚えた術があそこまで効力を発揮するものではない」

「ほほう？　それだけではわしに結びつけるのは想像の域を出ないのではないかの」

「かすみが偽札に施した呪《まじな》いと人避《ひとよ》けの術は拙《つたな》かったが、あなたが使う術の癖があった」

かすみは未熟だからこそ、教えられた通りに使ったのだろう。銀市もまた、灯佳に術を習い覚えたのだ。彼の癖は知り抜いていた。

「強引に珠を子供にしたのは、座敷童《ざしきわらし》に関わらせるためだな。子供が居れば、俺が神隠しの調査に乗り出しやすいと考えたのだろう？　事件を追えば、座敷童の屋敷で、必然かすみの術が使われた偽札を目にする。さらに、わざわざ珠に朧太夫の絵姿を見せたらしいな。そうすれば狂骨を慕う珠が俺に連絡を取ると思ったのだろう」

銀市が、一つ一つの違和を解きほぐすように潰《つぶ》していき、結論を語る。

「珠を、巻き込み、利用したな？」

灯佳はにい、と笑った。悪びれもせず愉悦のにじむ、老獪《ろうかい》な狐の本性があらわになる。

「そなたが言うてくれんのが悪い。だから自分で推し量ったまでだ。そこに、ちょいと知らせておいた方が良いものを見つけたからのう、これでも親切のつもりだったのだぞ？」

灯佳が片足を抱え、無造作に頬杖《ほおづえ》をつく様は、退廃を漂わせている。

「かすみには確かに願われて、末に同胞がいるよしみで、いくつか術を授けてやった。だが、そなたが扱いそうな案件に関わっていると後で気づいてなあ。友であるそなたを裏切るわけにもいかぬし、と悩んだ結果なのだ。まあ、久々に楽しい舞台だったことは否定せんがな」

「もう少し、分かりやすく語って欲しかったものだ」

「それはわしの分を超える。神使は人の理には干渉せん。わしに許されておるのは、願いを叶《かな》えることのみだ。それとなく知らせるのが、最大限の譲歩だったのだぞ？」

銀市は苛立《いらだ》ちもあらわに睨《にら》むと、灯佳は肩をすくめる。

「だが、まあ。わしも今回は少々やりすぎた。特に娘ッ子をあそこまで追い詰めるつもりはなかった。一発くらいは殴られるぞ。わしの眷属《けんぞく》も心配せんでよい。けじめだ」

ほっそりと華奢《きゃしゃ》な少年の姿をした灯佳が、ほれほれと言わんばかりに頬を差し出すのに、銀市は硬い声音で告げた。

「いいや、殴らん」

「うん？　子供ではやりづらいか？　しまったなあ。ならば後日出直そうかのう」

のんびりと思案する灯佳に対し、銀市は一気に距離を詰める。

灯佳の板の間に上げていない左足を捕まえて、袴の裾《すそ》からあらわにした。

予想通りの状態に銀市が顔をしかめると、灯佳は素知らぬ顔で笑って見せる。

「おやまぁ、大胆だのう？」

「……灯佳殿、今回は何度破ったんだ」

灯佳の足には、鈴の付いた紐《ひも》が食い込み、今もなお鮮やかな血がにじんでいた。

これが、灯佳の行動を監視し制限をもうけるために、神々が施した枷《かせ》であると、銀市は知っている。灯佳が「神使としてふさわしくない」行動を起こすと、警告として紐が締まり、能力が制限されることも。

今、灯佳が子供の姿をしているのは、戻らないからではない。戻れないからだ。

銀市が逃がさないとばかりに睨《にら》み付ければ、灯佳は頑是無い子でも見るように困った表情になった。

「この枷とは長い付き合いであるし、そう心配せずとも良いのだがなぁ」

「ごまかすな」

引き戻そうとする力に抗《あらが》い銀市が足を押さえると、彼は不承不承といった様子で語る。

「まあ、のう。抜け道はいくつかあるが、何度か少々強引な手を使ったことは見逃してもらえんかったらしい」

「なぜここまでしたんだ」

銀市の詰問に、灯佳は鈴の一つを指ではじいた。

りん、と寂しく鳴る。

「かすみが、わしに力を願った時にな、幸せになりたいと言うたのだよ」

何かを思い返すように灯佳は目を細め、柔らかく笑む。

「すでに籠《かご》から出る力は得ておったのにな。幸せになるために、男の役に立たねばならぬと思い込んでいた。あまりにも、愚かで、哀れで、いじらしくてなあ。どうせ時の海に消える娘でも。せめてひとりくらい、見届けてやる者がいて良かろうと思うたのだよ」

淡い微笑には、侮蔑《ぶべつ》も嘲弄《ちょうろう》もなく、ありのまま受け止める慈悲があった。

銀市は、ようやく灯佳が珠を巻き込み、己の傷を顧みずに行動したかを悟った。

「その無茶は、かすみを怨霊にしないためだったか」

「さすがに、目をかけた娘を嬉々《きき》として手にかける趣味はないよ」

明言は避けた灯佳だが、肯定しているようなものだった。

怨霊になれば、末であっても狐であるかすみは、灯佳の領分になる。みだりに害を振りまけば、灯佳自身が罰さねばならない。狐の処罰は苛烈《かれつ》だ。

事象を引っかき回し、もてあそび愉悦に浸る悪狐の性も、己に跳ね返ってくるものを顧みず、一人の娘に手を差し伸べる情深さも。灯佳の中では矛盾なく共存するのだ。

その慈悲に少なからず助けられた一人であるがゆえに、銀市は灯佳を友としていた。

銀市が手を離せば、灯佳は己の足を体に引き寄せ、ふう、とか細く息を吐く。

「怨霊には、ならなんだが。……――あの娘。結局、籠から出なかったのう」

つぶやかれた言葉は、さみしさの交じった憐憫《れんびん》だった。

かすみの命を生かすこと自体は、灯佳にとって容易だ。しかし、本人に変わる意思がなければ、無駄になるのも、灯佳は重々承知しているのだ。

多くの人と交わって来た彼の姿勢なのだろう。悲しみを帯びながらも、諦《あきら》めを知っている。灯佳という妖狐《ようこ》が過ごした年月は、膨大なものだ。

その中で悟ったがゆえの言葉の重みを、銀市はまだ推し量れない。

銀市にはそこまで悟ることがまだできないのだ。だからこそ、なぜと考えてしまう。

しかしすでに、灯佳は罰を受けている。この件はそれで手打ちだと納得していた。

「灯佳殿、退屈を紛らわせたければ、俺が付き合う。珠はこれから日常に生きる娘だ。巻き込むな」

強い語気で釘《くぎ》を刺すと、思いを馳《は》せている様子だった灯佳が、銀市へと視線を戻した。

「時に、銀市よ。娘ッ子にかけていた呪《しゅ》のことだが」

「……自然に解けた。二度とあのようなことはしないでくれ」

「あの呪を押しとどめていたのは、そなただ。……娘がそのままで居れば、と思うたのだろう？」

明確に形にされ、銀市はぐ、と唇を引き結んだ。

灯佳の表情には面白がる色も、とがめる色もない。ただ素直に案じる哀れみがあった。

「銀市よ。龍が宝珠を愛《め》でるのは天の理《り》だ。むしろ自制が利き過ぎていると思うておるくらいだよ。わしとて、そなたの珠玉をむやみにいじろうとは思わん。……ただ、なぁ」

銀市が無言で睨むのにも動じず、灯佳は眉根《まゆね》を寄せて強い懸念を示す。

「珠、と言うたな。怨霊に立ち戻らんとしていた狂骨を身に引き受けたのだ。只人《ただびと》であれば気が触れる。だがあの娘は、体調すら崩さず平然としておる。あれは異常ぞ」

術者として一流の灯佳の言を、銀市は受け止めた。

「どこかで、元より備えていた器の素質を、限りなく引き出されたゆえのことだろう。尋常な生活ではああはならんぞ」

「……それを、あなたに伺いたいと思っていた」

詰問にも似た圧に、銀市は珠の来歴を簡単に話す。

灯佳は腑《ふ》に落ちた様子だったが、さらに懸念は強くなったようだった。

「なるほど神に捧《ささ》げる贄《にえ》として育てられたか。この時世に珍かなことよ。一度は、逃げたが。おそらく神すら降ろせる器だ。気づかれれば、今だからこそ、求める人は少なくなかろう。育てた輩《やから》もそう簡単には諦めまいよ」

静かな黒い瞳《ひとみ》で、灯佳は告げた。

「気をつけよ」

そこにあるのは、親しき友への忠告だった。自分が関係ない存在にはとことんまで冷淡になれるが、懐に入れた者には我が身を顧みず情をかける。

そんな灯佳の友であることを銀市は強く意識しながらも、じくじくと疼《うず》くものを紛らわせるように息を吐く。

「……珠には、ただ幸せになって欲しいだけなんだ」

「そなたの手元に置いておけばひとまずは安全だろう？　人の一生くらい、我らにとってはなんてことはない。それ以上を望んだって構わないのだからな。なあ、銀市よ。そなた娘ッ子を腕に抱いて、何を考えた」

灯佳の詰問には、ほのかな確信すら感じさせた。

だが、生粋の人に非《あら》ざる者である灯佳の基準と銀市のそれには、致命的なずれがある。

銀市は、珠には人として幸せになって欲しいのだ。

離れていこうと、どこへ行こうと、彼女が幸福に笑えるのなら構わない。

にもかかわらず、灯佳の問いで鮮明に思い出してしまう。

池からすくい上げた彼女の細さ。抱えた腕の中で冷たくなっていく感触。

ためらわず処置を施した中で、自分は何を考えていたか。

瞑目《めいもく》した銀市は、煙管《キセル》に煙草《たばこ》の葉を詰めて吸い始める灯佳に語りかけた。

「灯佳殿、煙草をくれないか」

「？　わしのは、そなたのまじない入りのものではないぞ」

「久々に吸いたい気分なんだ」

よこせ、と手をやれば、灯佳はおかしそうにしつつも、煙草入れを滑らせてくる。

銀市はそこから刻《きざ》み煙草をつまみ、自分の煙管に詰めた。

灯佳が火の付いた雁首《がんくび》を向けてきたため、銀市もまた雁首を近づけ火を吸い付ける。

普段とは違う、香ばしくもどこか苦みを含んだ香りが立ち上った。

昔は、こちらをよく吸っていた。昔と、懐古するだけの時を自分は生きている。

だから自分の想いは、庇護《ひご》者のものだ。

そうあるべきと、彼女を受け入れた時に決めた。

この状態は、彼女が真に平穏な日常を得るまでの、ごく一時的なもの。

銀市は、胸に宿る重みと共に吸った煙を吐き出した。

「俺は、関わった彼女を守るだけだ」

すべてを見透かすような灯佳の視線を感じながらも、銀市は今はただ、紫煙が立ち上る先を追った。

この作品はフィクションです。
実在の人物や団体などとは関係ありません。

参考図書

『明治物売図聚』三谷一馬／２００７年11月／中央公論新社
『江戸吉原図聚』三谷一馬／１９９２年２月／中央公論新社
『台所重宝記』村井弦斎　村井米子編訳／２０１７年８月／中央公論新社
『吉原はこんな所でございました』福田利子／２０１２年４月／インタープレイ
『遊廓の世界　新吉原の想い出』中村芝鶴／１９７６年１月／評論社

あとがき

初めましての方ははじめまして。三度目ましての方は三度目まして！　道草家守《みちくさやもり》です。

あとがきから読まれる方に配慮をしまして、具体的には差し控えます。今回はこのお話が続くのなら心の底から書きたかった、シチュエーションとお狐《きつね》様と狂骨《きょうこつ》さんです。

大丈夫かと不安はありつつ、それとなくごり押しをするつもりでしたが、編集さんからあっさりと許可をいただき、密《ひそ》かに拳を突き上げたとか上げなかったとか。

またゆきじるし先生によるコミカライズも、スマホアプリ『マンガUP！』にて連載中です。丁寧に作画、構成をしていただきまして、銀市《ぎんいち》がしみじみと良《い》い男ですし、珠《たま》が溢《あふ》れんばかりに可愛《かわい》いです。妖怪《ようかい》も可愛《かわい》い。天才か。興味が湧いた方はぜひ、アプリを覗《のぞ》いていただくか、同時期刊行しております単行本一巻をご購入くだされば嬉《うれ》しいです。

今回もゆきさめ先生には美しい貴姫《きひめ》を描いていただきました。これは人外。人に非《あら》ざる者！　とにっこりうきうきでした。

最後になりますが、この本に関わってくださった方々、そして読者様にお礼を申し上げます。ゆっくりと育っていく珠《たま》の心を、どうぞ見守ってください。

名月を見上げながら　道草家守

お便りはこちらまで

〒一〇二—八一七七
富士見L文庫編集部　気付
道草家守（様）宛
ゆきさめ（様）宛

富士見L文庫

龍《りゅう》に恋《こ》う 三《さん》
贄《にえ》の乙女《おとめ》の幸福《こうふく》な身《み》の上《うえ》

道草家守《みちくさやもり》

2021年11月15日　初版発行

発行者　青柳昌行
発　行　株式会社 KADOKAWA
〒102-8177　東京都千代田区富士見2-13-3
電話　0570-002-301（ナビダイヤル）

印刷所　株式会社暁印刷
製本所　本間製本株式会社
装丁者　西村弘美

定価はカバーに表示してあります。

●お問い合わせ
https://www.kadokawa.co.jp/（「お問い合わせ」へお進みください）
※内容によっては、お答えできない場合があります。
※サポートは日本国内のみとさせていただきます。
※Japanese text only

ISBN 978-4-04-074060-7 C0193